與其喜歡他，不如選我吧？

Kare nanka yori
Watashi no Houga Iidesyo?

アサクラ ネル
[插畫]
さわやか鮫肌

Kadokawa Fantastic Novels

1

「我好像喜歡上一個人了……」

我們在放學路上來到速食店，坐在角落的位子。

聽到她——堀宮音音握起手遮在嘴邊，還面露微笑說出這段話，讓我——水澤鹿乃差點弄掉手上的百圓咖啡。

我連忙重新握好杯子的時候也灑了幾滴咖啡出來，燙到我的手指，但現在沒空在意這點小小的疼痛。

音音害臊地看著我的眼神，像是在表達「妳怎麼想？」——也徹徹底底是一個「女人」的眼神。

這不是在強調性別。

我從幼稚園的時候，就知道音音是女的了。所以不是性別的問題……應該說音音散發著一種女人味？或是性感魅力？之類的感覺。

我第一次看到音音這樣。

與其喜歡他，不如選我吧？

Kare nanka yori

Watashi no Houga Iidesyo?

アサクラ ネル

［插畫］

さわやか鮫肌

Kadokawa Fantastic Novels

我們在放學路上來到
速食店，坐在角落的位子。
雖然同為女生，但我很喜歡童年好友音音。
不過，那一天的她卻感覺跟平常不太一樣。
她有一點點支支吾吾的，然後——
對我說出一句極為震撼的發言。

「我好像喜歡上一個人了……」
戀愛的女高中生
堀宮音音
「嗚咦？」
水澤鹿乃
很喜歡童年好友音音

音音喜歡的是我們學校的學生會長。
是一個很多女生喜歡的帥哥。
音音有問我：「妳可以支持我的戀情嗎？」
當時我不想讓氣氛尷尬，才會答應她。
但那才不是真心話。
我說什麼都不要把她交給別人。
該怎麼辦才好？我幾乎要想破頭。
最後——我決定採取行動。

「得不到她的心也要……
得到身體！」
!?

「情侶真的會在KTV
做這種事情嗎……？」

「當……當然會……！妳都不知道嗎……？」
音音不曾跟男生交往。
（當然我自己也是。）
所以，我決定自願扮演「男方」，
跟音音一起做「約會的事前演練」。
我就搶先這世上的所有人……
跟音音做一些只有情侶才會做的事情吧。
然後趁機把**音音變成我的人**。
我絕對不會把她交給那傢伙！

兩名少女刺激萬分的戀愛

會迎接什麼結局……!?

Kare nanka yori

Watashi no Houga Iidesyo?

雖然聊到偶像或年輕演員等藝人相關的話題，也是會聊到嘴角上揚，但是音音從來沒有露出這樣的表情。

音音是真的戀愛了。

我小學跟國中的時候，都有看過同學用這種表情談論男人的話題。

談到喜歡的對象的時候，眼神會跟談論喜歡的藝人不一樣。會感覺有點濕潤，臉頰也會隱約有點發紅。

而且，會顯得很耀眼。

明明不可能真的發光，卻會覺得音音背後有一道光芒。

整個人變得很閃閃發亮。

但這道光看在我眼裡，就像是根眼中釘。感覺那就插在自己的眼睛上，灼燒著瞳孔。我莫名覺得眼淚好像要奔流而出。

「是……是喔……」

我故作鎮定，露出微笑。不行。嘴角一直在抽搐。

「妳……妳有喜歡的人了啊……那……那個……妳喜歡的到底是哪來的混——呃……妳喜歡的是……誰……？」

我勉強忍住把話講得很難聽的衝動。音音沒有注意到我說溜了什麼。她還是一樣散發著幸福的閃耀光芒。

「就是……川久保學長。」

音音微微歪起頭，讓她輕柔的中長髮也跟著擺盪，雙眼直盯著我看，像是在表達：「妳應該知道是誰吧？」

頂著一頭短髮，跟音音的中長髮正好成對比的我搓弄著自己的髮梢，動用所有腦力在記憶裡的交友圈搜尋這號人物，卻沒有得到任何搜尋結果。

既然會說是學長，那大概是三年級的人。如果音音有在打工，也可能是職場上的學長，但我們學校禁止學生打工。

「咦？妳不知道是誰嗎？」

「……嗯，抱歉。」

隨後，音音不知道為什麼露出像是鬆了口氣的表情。

「這樣啊，說的也是。畢竟鹿乃對男生還不是很有興趣嘛。」

她說的是事實。

我身邊的女生——包含音音在內，都在幼稚園的時候經歷過初戀，還有人小學就跟男生交往，而我對這種事情絲毫沒有興趣。

有時候會聽音音提到班上的誰很帥之類的話題，但是我每次都無法同意音音的看法，只會打心底認為：「哪有？」
男生就是很粗魯，又很隨便。
男生的皮膚到小五左右還很光滑細嫩，還不會很不順眼，只是早則小六，慢則國一快升國二的時候，就會變成截然不同的生物。
我會對男生感到生理上的不適。
他們常常不會保養皮膚，總是油膩膩的，還會有怪味道。身體也是瘦會瘦到皮包骨，胖會胖到整個人圓滾滾的。
會聊的話題也就是遊戲、成績、網路影片，或是女生。而且經常會聽出他們在自我吹噓，讓很人煩躁。
我一直到國三都有在學空手道，從來都不會覺得男生可怕。所以我會不喜歡男生，或許還是基於生理上的厭惡。
其實單論藝人的話，我也當然會覺得某些男人很帥，但可惜我周遭沒有帥成那樣的人存在，而那個叫川久保的男生，一定也沒有帥到鶴立雞群的地步。
「鹿乃很厲害耶，居然連川久保學長都可以不放在眼裡。」
厲害是指什麼事情厲害？
「妳應該至少要知道學生會長的名字吧？」

「學生會長？」

不記得。

我認為學生會的職位誰來負責都沒什麼差別，就完全不感興趣。如果是有參加社團活動的人，或許還會因為要爭取預算的關係，有記住學生會成員的面孔。可是我是回家社。

我試圖回想選舉期間的海報，卻也因為完全沒興趣，腦袋一片空白。

「可是，為什麼？妳為什麼突然喜歡學生會長？」

我藏住莫名湧上心頭的煩躁，開口詢問。

接著，音音就「呵呵呵」地笑出聲，扭動身子。即使披著一件夏季西式外套，依然能表達出強烈存在感的巨大雙峰，也跟著晃了一下。

我忍不住去注意那陣晃動。

我的胸部跟音音差不多大，可是別人的跟自己的是兩碼子事。實際上就算不是音音的胸部，我也會忍不住盯著看。

因為是同性，盯著看也不太容易引起別人的反感，其實滿賺的。我跟音音是從小就認識的摯友，所以不只能看，有時候也能摸。

「前陣子啊——」

聽到音音的聲音，我才不再盯著胸部看，把視線移向她的臉。音音的雙眼看起來很濕潤，嘴唇感覺比平常更有光澤。明明也沒有換過口紅。

「他在福利社幫我撿錢。」

「啥？」

我不禁傻眼說道。

「咦？就這樣？只因為他幫妳撿錢？」

「是沒錯，但不是只有這樣。」

我吞下差點講出口的：「那到底是怎樣？」

不可以講得像要吵架一樣。

音音其實有點頑固，只要自己的意見被否定，就會開始賭氣。以前曾因為這樣，落得彼此絕交一個月左右的下場。

那段期間真的很煎熬。感覺全世界都變成黑白的，做什麼事都覺得無聊，最後是我主動道歉，求音音原諒我。

我不希望當時的地獄重演，變得會小心避免做出一些容易觸動敏感神經的反應。

「我那時候不小心把一些零錢灑到地上。然後，學長就很帥氣地走過來跟大家說『大家可以退後一點嗎？有同學把零錢弄掉到地上了』，讓我比較方便撿。」

總覺得——音音眼睛裡就像是出現了愛心。

就只是這點小事？

原來光是這點小事情，就足以讓一個人墜入情網。

我緊緊咬起牙根。

我很錯愕、煩躁、憤怒、不甘心，還有某種不知名的——總之是一種負面的情感泉湧而上，差點就忍不住破口大罵。

「而且他也有幫我撿掉在地上的零錢。還跪在地上，都不怕弄髒自己的褲子。堂堂的學生會長，竟然可以為一個同學這麼犧牲自己。」

不，我們學校的學生會又不像漫畫裡那樣有特別的權力。只不過是負責跟校方協調的角色而已。

這是學生會在我心目中的印象，難道在其他學生眼裡是不一樣的感覺嗎？

「他這麼熱心助人，也難怪會有粉絲俱樂部。」

「居然有喔？」

學生會長也只是一個普通的學生耶。又不是什麼藝人。這樣居然也有粉絲俱樂部？

音音用力點頭。

「……有。」

她像是在坦白天大的祕密一樣前傾著身體，小聲說道。

「只是當然不是他自己承認的粉絲俱樂部，聽說加入就可以在他們的群組知道一些消息，或是看一些照片。」

「妳該不會……加入了吧？」

音音搖頭否定。

「粉絲俱樂部有個原則是不可以搶先跟他告白。所以加入的話就不能跟他告白了。我不想要不能告白。」

告白這個詞，讓我胸口附近一陣刺痛。

「……妳要跟他告白嗎？」

「對。要是不自己踏出一步，不就一輩子都跟其他人沒有兩樣了嗎？我希望自己在喜歡的人眼裡可以與眾不同～」

我吞下差點講出口的「不可能告白成功啦」。我並不是打心底這麼想，不如說正好相反。只有笨蛋才會拒絕音音的告白。

音音很可愛，個性也很好。既體貼，又很會撒嬌。不只很會做菜，也很會做點心，跟做什麼東西都會焦掉的我截然不同。

我不希望妳告白。

不要告白。

雖然很想這麼說，卻無法清楚說明理由。我喝起已經冷掉的咖啡，想掩飾自己說不出話的事實，而咖啡喝起來索然無味。

「所以……」

音音用有點撒嬌的眼神凝視我。

「妳可以支持我的戀情嗎？」

我瞬間被大口嗆到。

還差點把咖啡噴到音音臉上。勉強忍住之後，我就用手背擦拭從嘴角流出的幾滴顏色彷彿泥巴水的液體。

「支……支持……？」

「嗯。妳也知道，我十七年來都不曾交過男朋友不是嗎？所以，其實也不應該說支持，我希望妳可以幫我。」

「可是……我也不曾交過男朋友，就算要我幫妳，我也不知道怎麼幫啊。」

「那，妳只要推我一把，跟我說聲加油就夠了。因為等到真的要告白的時候，我搞不好會臨陣退縮，不敢說出來。」

音音看著我的眼神非常認真，不允許我繼續拒絕。甚至讓我覺得拒絕這份請求，說不定會失去彼此間的友情。

我用盡所有心力，硬著頭皮——

「……有什麼我能幫上忙的，就儘管說。」

說出這番話。

「太好了。」

鬆了口氣的音音垂下肩膀，露出微笑。

她柔和的笑容，反倒讓現在的我心痛。

為什麼自己會受到這麼大的衝擊，還會心情這麼糟？

我不懂自己為什麼會有這種反應，覺得一陣暈頭轉向。我又喝了一口咖啡，想掩飾自己快要因為跟暈車不一樣的某種反胃感吐出來。

不過，這麼做只是讓我心裡的苦澀更加擴散。

2

我跟音音從小就認識了。

我們第一次見面是在托兒所。

不過，我已經不記得是怎麼變成好朋友的了。

說來也很奇妙。

我算個性比較活潑，而且天天都在跟男生吵架。我喜歡特攝類的變身英雄多過女生變身去戰鬥的動畫片，也很崇拜團體型英雄裡的女性成員。

而音音則是很喜歡我不會看的女生變身戰鬥動畫片，手裡總是拿著閃亮亮的可愛變身道具。小男生取向的變身道具大多是劍或手槍的造型，小女生取向的大多是造型夢幻的手杖或化妝用具。

但是，我跟音音卻不知不覺變得形影不離，還抱在一起哭求父母讓我們上同一間幼兒園，之後我們的關係就一直延續到現在。

我們國小跟國中是同個學區，倒是沒有任何問題，但高中就不一樣了。

因為音音的成績比較好。

我實在拉不下臉要音音配合自己讀比較差的學校。

那麼，就只剩下唯一一種方法。

我退出從剛上小學就在參加的空手道道場，拚死命用功讀書。我耗費不少心力讀書，好讓自己能跟音音讀同一所高中。

當時我因為這樣有點自律神經失調，生理期也不太正常。

努力到弄壞了自己的身體。

而我也成功考上現在這所高中，沒有枉費當時的努力，但我不想再經歷一樣的苦讀地獄，上高中之後都有認真上課，也有乖乖預習跟複習。

也因為這樣，我現在成績都維持在只比音音稍低一點的程度。原本還很放心，覺得這下要上同一所大學也不是問題——可是……

（她居然有喜歡的男生了……）

我穿著睡衣躺在床上，盯著天花板低吟。房間角落的冷氣發出低沉聲響，同時吹出陣陣涼風。

想想年紀，就會覺得說不定音音至今不曾戀愛，才反而教人意外。但我自己也是這樣，所以沒有特別感到疑問。

我從來沒有談過戀愛。

男生在小時候的我眼裡是玩伴，後來變成空手道的對手，而上國中以後，就變成很煩很吵，會惹怒我的存在。

不論是用社群平台聊天、講電話、出去玩，還是聖誕節、情人節、新年、生日，都只要有音音就夠了。

只需要兩個人，就可以讓我的世界正常運行。

（可是，她居然有喜歡的男生了？）

我只覺得是半路殺出一個莫名其妙的人，介入我們倆之間。

這讓我感覺心裡有疙瘩，也很不是滋味。

——不過，為什麼會這樣？

我跟音音是很親近的摯友，就她算交了男朋友，應該也不會影響到我在她心目中的地位才對。

而且她也不至於有了男人就見色忘友。雖然有些女人的確會把男人看得比較重，但我不認為音音是那種人。

……還是說，其實音音並不是我認為的那樣？我該不會是從她的態度中隱約感覺到她可能會見色忘友，才會這麼不安？

（我搞不懂啦！）

我抓亂自己的頭髮。頭髮還沒有全乾，有點濕濕涼涼的。

冷氣繼續發出低沉聲響。

住在公寓十樓把窗戶關上的話，就幾乎聽不見外頭的聲音。

家裡也一樣安靜。

我爸媽都外出工作，而且最近好像很忙。他們兩個不久之前才說自己剛離開公司，至少還要一個小時才會回來。

房間的牆壁很厚，隔音效果也很好，所以也不會聽見鄰居發出的聲音。

「…………」

我在吐出長長一口氣之後，閉上了雙眼。

接著稍稍掀起麻布睡衣的衣襬，把手指伸進褲子鬆緊帶跟腹部之間。

每次心情亂糟糟的時候，我都會這麼做。

記得我是在小學六年級的時候學會的。當時在網路上得知做法，在自己嘗試過後就徹底愛上了。

結束之後的舒服感覺很讓人上癮。

我把手伸進內褲裡，碰到柔軟的陰毛。因為幾乎沒看過別人的，我也不知道自己的算稀疏還是濃密，但應該是比一般人稀疏。

我稍微張開雙腿。

我在享受手指間的輕柔觸感時，也感覺到底下的小山丘裡面正逐漸開始發熱。

另一隻手則是解開睡衣的鈕釦，伸進衣服當中。

隨後，我的手包覆住用一隻手去摸，也還會有些空隙的胸部。我睡覺的時候不會穿胸罩。所以洗完澡以後，基本上都是沒穿胸罩的狀態。

我輕輕地、緩慢地用手指畫圓。

一種刺癢感，從還很軟的胸部頂端擴散開來。我一邊撥弄下腹部的柔軟陰毛，一邊摸著自己的胸部，一段時間過後，胸部的頂端也隨之變硬。

我加強手指的力道，與其說是摸著胸部，更像是用力抓著，手掌也因此清楚感受到堅挺的觸感。

「呼……」

我不禁從鼻子呼出一口氣。

我一下用力抓著胸部，一下放開，同時不斷用畫圓的方式撫摸，並緩緩把雙腿之間的手伸到更底下。

雖然那個地方還沒張開，但已經熱得跟發燒時的額頭沒有兩樣。

我輕壓還貼在一起的那條細縫，動起自己的手指。接著，就感覺裡面突出的敏感部位傳出輕微的刺激，讓屁股也跟著有種揪緊的感覺。

我動起輕輕按著那裡，而且伸直的食指跟中指。

「嗯……唔！」

從雙腿之間竄上頭部的快感，讓我忍不住發出聲音。家裡沒有人，其實不壓低音量也無所謂，但我還是不曾放聲喊出來。

動了一段時間以後，手指就滑進了隙縫當中。因為體內流出的黏滑液體，把原本貼合的部位鬆開了。

「…………」

我微微彎起中指，慢慢把手指往小山丘的方向滑去。指腹一碰到皮膚包覆的突起——

「嗯！」

就突然竄過一道酥麻的電流，不自覺縮緊了屁股的肌肉。

我下意識加強抓著胸部的力道，導致乳頭也傳出一陣快感，讓我忍不住扭動身軀。

我依然伸直著雙腳，隔著皮膚刺激底下的突起。雖然有種搔不到癢處的感覺，但直接碰會有點痛，所以我不那麼做。

「唔！唔！唔！」

我揉著胸部，另一手的中指不斷來回撫摸胯下的突起。不久，就感覺眼皮開始抽搐，腦袋一片空白。

「唔唔！唔！嗯！」

雙腳之間帶有黏性的聲響比剛才更加明顯，聽起來更加猥褻。流出的液體流到屁股的縫隙，讓猥褻的聲音愈來愈大。

我不會把手指伸進體內。我自慰的時候，主要都是刺激陰部的突起。

「嗯嗯！」

我用幾乎要把手夾斷的力道移動雙腿，夾起自己的手，並抬起下巴。我感覺到自己露出的喉嚨抽動了兩下。

快感掀起的巨浪吞噬掉意識，沖往遙遠的彼方。

我喜歡暫時漂蕩在這種感覺當中。其實也可以再繼續喚來下一陣名為快感的巨浪，但今天已經很滿足了。

我朦朧的意識好比漂浮在溫熱的洗澡水上。這時，腦袋裡忽然——

（如果這是音音的手指……）

浮現這樣的想法，這才讓我驚覺到一件事實。

自己自慰的時候不會想著誰，或是什麼場面。

我本來只會全心全意沉浸在肉慾之中，所以很訝異自己會有這種想法，同時感到身體瞬間發燙。

我很想妄想那樣的情境再試一次，但還是想辦法克制住這份衝動。

因為我現在發現了一件很重要的事。

（啊，原來如此。）

我本來就覺得這種無法接受事實的負面情緒，不像是單純因為自己的好友可能會被別人搶走。

那是更迫切的恐懼，而且還摻雜著憤怒跟不甘心，是一種很深沉，有很多東西混合在一起的複雜情感。

我突然了解到那是什麼樣的情感。

——是嫉妒。

我極度不希望音音被男人搶走。

也就是說，這種感情是……

——戀愛。

我不會說這份感情是純愛。我希望她是屬於我的。我想要得到她的一切。我不想把她的心跟身體交給任何人。

脣間吐出像是放心下來時會有的一口氣。
所有事情都說得通了。
我從小就很不喜歡看到音音跟男生玩在一起。
我喜歡的總是女英雄，喜歡的偶像也全是女子偶像團體。
也收藏了很多被稱為百合的漫畫跟小說。從輕小說到文學小說都有看。
腦袋漸漸冷卻下來的同時，也感覺到思緒逐漸清晰起來。
——我喜歡音音。
這就是我的結論。
既然這樣，就只能親自展開行動了。不想讓音音被男人搶走，就只能努力避免它成真。
至於阻止的方法——我站起身，走往書櫃，拿出所有百合漫畫跟小說堆在床上，一本本快速翻閱。
……找到了。
答案就在這裡！
就是這個！
強行讓對自己沒意思的女生在短期內愛上自己的方法——就是利用情慾來引誘對方，直接橫刀奪愛！

3

橫刀奪愛。

是限制級劇情的一種類別——也就是自己的情人被其他人霸王硬上弓，最後因為沉迷情慾，而再也離不開第三者。

雖然成立的條件確實等同犯罪，但被害人最後會沉淪在情慾當中，無法自拔，所以被搶走情人的那一方只能乖乖認輸。

這就是橫刀奪愛。

雖然百合作品裡並不常見，但是要讓音音愛上自己，就只能採用這種方法。

不可以否定音音的感情。

提出「別跟那種男人在一起」之類的建議，只會讓她火冒三丈。

上一次就是被問「妳在嫉妒嗎？」——現在就知道的確是出於嫉妒——結果因為回答「才不是，我這麼說是為妳好」，就絕交了一小段時間。

當時可說是有如身處人間煉獄，如果現在又做一樣的事情，搞不好會造成反效果，讓她馬上跑去跟那個男人告白。

要是真的變成那樣，就完蛋了。

不可能有男人會拒絕音音的告白。

她給人的印象很輕柔，又很可愛，身上總是有很香的味道，聲音很甜美，胸部也很大，還很軟。

所以只能在那之前先下手制止。

絕對要在她告白之前搶先橫刀奪愛。

就算我對音音坦白自己喜歡她，也不一定會有好結果。

不過，如果從肉體方面下手——

我跟音音經常會有些輕微的肢體接觸。

像是牽手、擁抱，也曾經開玩笑親對方的臉頰。到對方家裡過夜的話，還會一起洗澡，睡覺的時候也會睡在同一張床上。

所以也已經看過彼此的裸體好幾次了。

碰她的機會要多少有多少。

只要假裝不經意比平常接觸得更親暱一點，做一些情侶才會做的事情，她一定就會覺得男人根本無所謂了。
所以——我絕對要橫刀奪愛。
絕對要！

4

「咦？真的可以嗎？」

音音不知道為什麼聽到我回答想要幫忙成就戀情，就顯得有點驚訝。她停下本來想拿起冰檸檬汽水來喝的手，眨了好幾次眼。

我用力點點頭，像是斷定自己有這樣的決心。手上的熱咖啡燙到像是要燙熟手掌。

「……人本來就會希望好朋友幸福，不是嗎？」

「喔……是喔，這樣啊。」

「有意見嗎？」

「嗯……因為我本來以為妳可能會拒絕。」

「為什麼？我看起來有那麼無情嗎？」

「我不是說妳無情，只是仔細想想，才想到妳好像沒有談過戀愛。沒有談過戀愛的話，會比較難給這方面的建議吧？」

我不禁「唔」地一聲，無法反駁。

音音說的對。

不過，要是現在就打退堂鼓，所有計畫都會瞬間泡湯。只能想辦法擠些理由出來——就算得說謊也好，一定要讓音音接受自己的協助。

「沒問題！」

我把身體前傾到桌子的上方。

「我常常聽空手道場的男生在聊女生的話題！我很熟那些人喜歡怎樣的女生，又容易對怎麼樣的女生心動！」

這段話有一半是在說謊，也有一半是真的。

就算我在場，男生們依然會毫無顧忌地談論女生。他們或許是認為小孩子不會懂，但我從當時就認為他們是——

（笨蛋。）

那些男生會直接講出對前女友的不滿，有時候還會提及接近限制級的話題。雖然他們是因為我躲起來偷聽，沒看到我在場才會提到，其實並沒有惡意。

不過，我也的確很看不起他們把自己的床事告訴別人。

如今他們聊的內容，也快要有派上用場的機會了。

「是……是嗎？」

「嗯。」

我充滿自信地表示肯定。就算心臟跳得很快，也不影響我拿手的撲克臉。過去比賽的時候，都不能把自己覺得痛的事實寫在臉上。那樣會被對手抓到破綻，所以不能自曝弱點。

音音用她圓滾滾的大眼凝視著我。

這讓我又重新體會到音音真的很可愛。明明只有化淡妝，她的睫毛卻長到可以放好幾根自動筆筆芯上去。

我努力忍住不撇開視線。壓抑心裡的罪惡感。

「……這樣啊。」

音音率先移開了視線，看起來似乎還是有點納悶。

「那……我就請妳幫忙吧。我第一個想問的是——妳覺得要用什麼方法告白才好？果然還是親口告訴他比較好嗎……可是面對面講會很害臊，用私人訊息告白也不是不行吧？」

「啊，這點妳不需要擔心。用什麼方法告白都可以。」

我手掌朝向音音，擺出制止的手勢。

音音微微歪起頭，表示疑惑。

「什麼意思？」

「對方不可能拒絕妳的告白啊。」

「咦？妳的意思是——學長他喜歡我嗎？」
不要露出那麼開心的表情。
「……沒有，我不知道他喜不喜歡。」
我不小心在語氣中顯露不開心。
音音露出一副覺得莫名其妙的表情。
「其實啊——」
我本來想列舉音音告白不會被拒絕的理由，卻突然難為情了起來。
我有辦法在腦海裡舉出無數個告白一定會成功的理由，但這次的經驗讓我學到要對著當事人講這些事情，其實意外困難。
我嘴巴不斷開開合合。
「妳在學金魚？」
聽到音音這麼問，我小聲說「不是」，接著清了一下喉嚨。
「……總之，妳跟人告白絕對不可能會被拒絕。不過，告白也不是一段戀情的終點吧？甚至不如說是起點。開始交往以後也可能三天、一星期，或是一個月就分手，而且這種例子還不算少！」
我「磅」地敲了桌子一下。

「音音沒有跟男生交往過吧？所以妳應該也不知道那些傢伙怎麼樣才會高興，又怎麼樣才會失望吧？」

「鹿乃不是一樣沒跟男生交往過嗎？」

「是沒錯，可是我剛才也說了，我已經透過道場的那些男生收集到不少情報了。活用我得到的這些情報，就可以避免音音被學長甩掉。」

「嗯嗯？」

音音一臉打心底不懂我在說什麼的表情。她連困惑的表情都超級可愛。

「呃……所以？是什麼意思？」

我露出微笑。

「所以就是要先模擬演練！妳只要在告白之前先把自己鍛鍊成完美情人，就沒什麼好怕的了！我來扮演男方，我們就一起練習怎麼約會吧！我也會陪妳挑一些男生會喜歡的衣服，就包在我身上吧！」

「……鹿乃，妳知道學長的喜好嗎？」

「是不知道，但是沒關係！反正男生只要看到衣襬很短的、領口很開的，或是無袖的衣服，就會開心了。」

道場那些男生是這麼說的。

「那些傢伙腦子裡都是色色的事情。我們國中的時候，不也是有男生常常想掀裙子，還會不時偷看我們的胸部嗎？他們以為偷看都不會被發現，可就大錯特錯了。」

一想起這段往事就一肚子氣，害我忍不住「哼」了一聲。

真的是無可救藥。

如果是女生對女生，就很吃香。就算盯著看，也不會讓對方不舒服，甚至可以合理地進行肢體接觸。

音音苦笑著說「是啊」。她笑得很傷腦筋的模樣，真是可愛到不行。

——我絕對不會把她交給任何人。

我再次下定決心。沒錯，誰會乖乖讓她被人搶走啊。

不過，音音卻說：

「可是，我認為學長不是那種人。他是大家都很崇拜的學生會長耶。」

「不不不，就算他是學生會長——」

我打算出言否定，才驚覺不應該這麼做。

糟糕。

現在對她說「會長也跟其他男生一樣啦」，等於是直接往地雷踩下去。要是害音音開始賭氣，那所有努力都白費了。

太驚險了。還好有發現。

咳咳——我端正自己的坐姿。

「音音，我希望妳不要誤會。」

「嗯？」

「我不是認為男生想跟女生做一些色色的事情不好。情侶之間本來就會有這種欲望，而且也不是只有男生會想做色色的事情。」

「呃，嗯……？」

音音的回應聽起來不像是肯定，也不像是否定。

「但是在關鍵的時候得到不想要的反應，會很失望不是嗎？而且很多女生喜歡的男生搞不好還會想直接換跟其他女生交往——不對不對，我不是說會長是那種男生！總……總之，音音應該也懂一覺得失望，就會連帶影響到喜歡的程度吧？」

「這……倒是可以懂。」

「所以我們要先模擬演練，降低這種風險啊，對不對！」

我再次把身體前傾到桌子上方。

「我……我知道了……」

（很好！）

就算是被我的氣勢逼到不得不答應也一樣，答應就是答應了。

我暗自在心裡握拳歡呼。

成功得到她的承諾了。

音音是對正當理由沒有抵抗力的人。她的個性就是只要被人說「妳曾說過吧？」、「我們約好了不是嗎？」之類的話，就還是會勉為其難地接受。我有自信可以說服音音。

「那，我們星期六就馬上去買衣服好嗎？我會先查一下有哪些店可以去。」

「知……知道了……」

「放心交給我吧，我會幫妳配出最完美的穿搭。」

我在心裡補上一句「當然會是照我的喜好挑」，露出心滿意足的笑容。

5

雖然其實沒有必要，但還是多少調查一下音音喜歡的那個男生，增加自己的說服力吧。我決定仰賴網路來收集情報。

現在沒有半個高中生不會玩社群平台。

而我們學校的學生會長——川久保劍當然也不例外。

雖然網路上的名義不是從音音那裡聽說的本名，但我從同學的朋友名單開始找，很快就找到了。他的自我介紹上還特地寫自己擔任學生會長，應該不會錯。

ＩＤ是——「王者之劍」？

我查資料發現那似乎是英國第一代國王還是誰的劍的名字。是因為名字裡有「劍」，才用這個詞嗎？看來學生會長意外有點孩子氣。

以投稿短文為主的社群平台上，沒有任何需要的情報。上面完全沒有負面情緒的文字，全是積極正面到反而讓人煩躁的文章。

就連期中、期末考都會說「大家一起努力考好成績吧」之類的。我也有社群平台的帳號，所以偶爾會用，只是內容很容易偏向抱怨。

雖然沒有需要的情報，但自我介紹的地方有放以圖片為主的社群平台網址，於是我決定順便看看。

圖片為主的地方，可以收集到較多的情報。

原來如此，看來他真的是學生會長。我對這張臉有印象。大概是在會長選舉的海報上，或是在全校集會的時候看到過。

可能是當時的記憶還殘存在腦海的一角。

他確實是個長相不錯的男生。

是不至於跟偶像一樣帥，但就算他真的曾被星探發掘也不意外。

他很瘦，也有肌肉，卻不像格鬥技練出來的肌肉。看起來是有在鍛鍊，不過主要應該是要維持體型。

如果要簡單形容川久保的印象，就是「外向」。

他在社群平台上的照片全是跟朋友的合照，當中有男有女。只是完全不見跟單一個女生的合照，每一張照片都最少有三個人。

……感覺得出來是故意的。

就像是知道有自己的粉絲俱樂部存在，刻意不做會讓俱樂部會員不開心的事情。

大致瀏覽過最近半年的照片後，我發現有三個男生經常跟他合照。說不定是他同學。同一個女生最多也只出現三次。出現的也全是不同類型的女生，從外表樸素的，到打扮很花俏的女生都有。其中有胸部大的，也有身材苗條的。頭髮也是有長有短。

雖然會讓人疑惑他是博愛，還是單純完全不挑人，但這應該也是他「不讓粉絲不開心」的一環。

（本來還覺得可以把音音弄成跟這傢伙的喜好完全相反的類型，避免他喜歡上音音……可是這樣根本沒有參考價值……）

我打算從留言區找找有沒有什麼可以當成把柄的留言，只是可能是因為要經過他本人同意，才有留言權限的關係，裡面只看得到對他的讚美。

此時，學生會長正好有一篇新的發文。

文章內容是「暑假我想去看電影，還有到游泳池游泳」。這段沒有內涵的文章，馬上就接連得到了他人的「ＧＯＯＤ！」。

可以利用這一點。

我關閉社群平台的頁面，打開搜尋引擎，輸入「在電影院裡調情　方法」。

晚點當然也會把搜尋紀錄刪掉。

我一個個從上到下點開跳出的一整排搜尋結果，把看起來派得上用場的資料擷取下來。

6

「讓妳久等了。」

按下門鈴之後，很快就來到玄關的音音，穿著一件向日葵圖案蓬鬆連身裙，踩著一雙帆布拖鞋。我很常看到她這樣打扮。

衣服是七分袖，衣襬也很長，給人包得偏緊的感覺，不過她腰上有繫著細繩帶，進而強調了她豐滿的胸部。

這讓我又重新體會到音音真的很可愛。

不知道是不是因為察覺到對音音的感情，感覺熟悉的事物看起來都不太一樣了。

至於我則是穿著束腰長上衣、寬口褲，赤腳穿著運動鞋，是比較方便活動的穿著。我平常就不穿裙子。不能在有突發狀況的時候馬上踢一腳，會很讓我心神不寧。

音音的家位在我住的公寓也看得見的地方。而我也曾用望遠鏡確認過，從我家只能看見音音家透天房的屋頂。

「那，我們走吧。」

一伸出手，音音的表情就顯露些許驚訝。

「已經開始演練了嗎？」

「咦？沒有，只是單純以朋友的角度問妳而已。想說很久沒牽手了，要不要牽一下。」

「好啊。」

我握住音音笑著伸出的手。

不曉得音音剛才是不是在吹冷氣，手冰冰涼涼的。

如果現在就像情侶一樣十指交扣，會太過突然。等模擬演練開始以後再來就好。現在要先忍耐才行。

「我們要去哪裡？」

「×××的○○。」

我說出距離五站的車站名字，以及那座車站前的快時尚店家名稱。

我昨晚就查好那間店有我想挑的衣服的庫存了。我挑了平常音音絕對不會穿的衣服。

之後就是看電影。

昨晚我有打電話告知音音約會的行程，說挑完衣服就要去看電影。

一提到會長好像想看這部電影，音音就問：

『妳怎麼會知道？』

於是，我回答：

『咦？會長不是有寫在社群平台上嗎？』

『……是……是嗎？』

『音音妳都沒有看嗎？』

『嗯。呃……反正那裡都是粉絲俱樂部的人。我不想跟她們一樣。』

音音的回答，解開了我對她沒有看會長社群平台動態的疑惑。

前往車站約十分鐘路程，我們一邊閒話家常，一邊走過去。等了一段時間搭上電車後，也幸好車上有空位，讓我們可以肩碰肩地坐在一起。

雖然已經沒牽著手了，但我們的手臂卻是緊緊貼在一起。

「妳今天很黏我耶。」

音音笑道。

「沒……沒有啦，我只是覺得要盡量減少自己占的空間，讓更多人有座位可以坐啊。」

我用這番話敷衍過去，在到站前的車程中感受著音音的體溫。

發現自己喜歡她之後，整個世界都有了驚人的變化……應該說很恐怖。到昨天為止都還覺得稀鬆平常的事情會一口氣竄進意識裡，害我靜不下心。

也因為這種感覺不會招致任何厭惡感，只會讓人心神愉快，才反而可怕。

我們在到站後下了電車，就在剛走出剪票口時——

「那，第一堂課。」

我這麼說。

「那個……我們要不要牽個手？」

「好。」

（哇！）

音音幾乎是毫不猶豫地跟我像情侶一樣十指交扣，反倒讓要求牽手的我嚇了一跳。我勉強制止住自己下意識甩掉音音的手。

不過，仔細想想就會覺得沒什麼好奇怪的。雖然說是練習，我們彼此都是女生，她不可能會猶豫。

「剛……剛才那樣好像有點太大膽了～」

我接著笑了兩聲。

「反正現在只是練習，而且對象是我，倒是還好……但第一次牽男生的手就十指交扣不太好喔～表現得有點猶豫的感覺可能比較好！不然對方會以為妳很習慣跟男生牽手。」

「這樣啊。」

音音點頭表示理解。

「畢竟真正要牽的時候是牽男生的手，不會像牽鹿乃的手這麼平靜。到時候心臟一定會跳得很快。」

這麼說的音音臉上露出微笑，使我內心一陣刺痛。

音音說「真正要牽的時候」。還說「到時候心臟一定跳得很快」。也就是說，會跟現在不一樣。

好不甘心。雖然本來就只是練習，可是這件事實卻讓我心裡燃起一把嫉妒之火，把僅存在內心某處的少許猶豫燃燒殆盡。

不需要再客氣了。

我牽著跟自己十指交扣的手，和音音一同前往要去的店家。

這間快時尚的店家有賣以高中生來說稍嫌成熟，也同時是我想挑的衣服。

我有事先查過庫存、展示的地方，還有試衣間的位置。我昨天有在快打烊時來場勘。

這間店離車站近，還是面對大街的黃金店面，但一般星期六的客人不會這麼少。然而現在是兩次大特賣之間的空檔期間，相對比較少人。

我們放開牽著的手，進入店裡。店員瞥了我們一眼，只說一句「歡迎光臨」，就沒再多說什麼。

店裡幾個女店員基本上只會站在櫃台。因為是快時尚，店員不會主動過來接待客人。

這很有利於我接下來要做的事情。

我對音音說「來這邊」，走上三樓。三樓專擺比較露一點的衣服。不曉得該說是比較適合成熟女性，還是大膽。

「這件——還有這件。」

我直直走往放著目標衣物的地方，迅速挑出來。我知道音音該穿什麼尺寸，但也不能不試穿就買。

不如說，試穿才是今天的主要目的。

「那，妳來試穿一下吧。」

「嗯。」

這間店的試衣間位在最裡面，是人在賣場會看不見的位置。當然也沒有監視器。雖然避不開櫃台的視線，但最多也只能看到單向通行的通道入口。

試衣間目前沒有我跟音音以外的人在。

「那我來穿穿看。」

音音走進最裡面的試衣間，伸手要我把衣服遞給她。

「…………」

我無視音音的要求，推著她一起進到試衣間裡。

「咦？鹿乃？」

「噓。」

我豎起手指抵著嘴唇，要音音別出聲。

「會被人發現。」

「呃……妳為什麼要一起進來？」

「要檢查尺寸對不對啊。我自己是覺得尺寸應該沒錯，可是也不是百分之百一定對。」

「我自己檢查就可以了啊。」

「是沒錯，可是我想仔細看看穿起來整體會是什麼感覺。」

我自己也認為這個藉口太過勉強，但還是決定硬拗下去。

而且這些衣服算滿露的，我也想看看她因為穿這種衣服而忍不住難為情的模樣。

如果難為情到心跳加速，搞不好會引發吊橋效應——我曾聽說過這種會讓人誤以為自己喜歡身旁的人的現象。

在這個狹小的空間裡，可能發生吊橋效應的對象絕對只有我一個人。

「選這件衣服絕對沒錯——妳不想第一次約會就被甩掉吧？」

「……好。」

音音放下托特包，解開腰上的繩帶，拉下連身裙背後的拉鍊。

手臂抽離袖襱，再放下。

受到白色樸素胸罩包覆的巨大胸部伴隨著一陣晃動，顯露在外。我勉強克制住差點忍不住大口吞下口水的自己。

明明也不是第一次看到，目光卻忍不住聚焦在胸部上。

雪白的雙峰看起來軟綿綿的。我硬是壓制住心裡一股慾望。一股不斷衝上頭頂，想把鼻子湊過去聞味道的慾望。

音音讓連身裙滑落地上，接著蹲下把它撿起來，放到托特包的上面。內褲也跟胸罩一樣，是樸素的白色。

腰部有一點點的肉感，感覺摸哪個部位都會很軟。我拚死命忍著不動手。

「給妳。」

我掩飾自己差點破音的事實，把上衣交給音音。

音音穿上衣服後——

「這個……」

很困惑地看著鏡子裡的自己。

她穿的是船領七分袖的椰綠色襯衫。挖肩式的造型讓肩膀裸露在外。不只如此，連左右側腹部位也有橢圓形的空洞，可以直接看到底下的肌膚。連胸口上面，也就是鎖骨底下也有橫向的開口，讓她的胸部有一小部分是毫無遮掩。

「還有裙子。」

我挑的是土耳其藍的圍裹裙。因為是夏裝，布料比較薄，有點特別的是從臀部一半左右的地方開始，布料重疊的部分就極端減少。

「感覺好大膽……好看嗎？」

「那當然。」

我大表贊同。

「嗳，妳左腳往前面一點看看。」

「這樣嗎？」

音音輕輕把腳往前移，赤裸裸的白皙腿部就從裙布交疊的裙縫現身。

「哇！」

驚訝的音音打算把腳縮回去。

「停！」

我連忙壓低有一瞬間變得太大聲的音量。

「妳不要動，不要動喔。我……我來檢查……」

我在本來就已經很狹小的試衣間裡，更加貼近音音。

我繞到音音身後，藉著撫平衣服的皺摺，趁機接觸她裸露的雙肩。音音的皮膚有點冰涼，表面很細緻、光滑。

我聞起音音頭髮的味道。

有種很好聞，卻也很複雜的氣味。那是洗髮精、沐浴精、化妝水摻雜在一起的味道，而不是單一的味道。

哇，我心臟跳得好快。

「這樣會不會太露了？」

音音有點疑惑。

「才不會。挖肩的衣服又不會很少見，而且這裡的洞也不算太大吧？」

說著，我就從後面伸手觸摸音音衣服左右側腹空洞底下的肌膚。如果露肩膀是挖肩，那腰部會是叫作挖腰嗎？

「嗯！」

音音的雙唇之間溜出讓人竄過一陣酥麻感的聲音。

「這樣摸很癢嗎？啊，穿這件可能還是抹一下防曬乳比較好。脫得一絲不掛的時候只有這裡曬黑兩塊，搞不好會滿好笑的。」

捏。

「等一下，不要捏啦。」

「咦～？可是妳這邊很好捏耶。」

捏、捏。

「妳這樣講，我也高興不起來。」

音音鼓起臉頰的模樣太過可愛，讓我花了好大力氣忍住想磨蹭她臉頰的衝動。

一看鏡子，就發現音音把腳縮了回去，於是我把手放開，繞去她的面前。接著像是在驗身一樣，仔細從頭看到腳的每一個角落，才點點頭，說：

「不覺得這件裙子不錯嗎？」

我跪在音音前面，捏起裙子布料交疊的部位說道。

「乍看很普通，但是坐下來就會露腿露得很大膽。」

「穿這種裙子不會太誇張嗎？」

「不會啦。反正這年頭露肩膀、露腋下都不稀奇了。我覺得坐下來的時候快要能看到大腿根部，站起來又會被遮住的反差，會更容易讓人小鹿亂撞喔。」

我說著，就掀起裙襬。

音音沒有抵抗。

我馬上看見原本被掩蓋在裙底下的白皙腿部。心底湧出一股強烈的感動，加快了心跳的

頻率，但我沒有讓音音察覺這股情緒。

明明不是第一次看到，今天卻顯得與以往截然不同。

不知道為什麼，我完全無法把視線從她的腿上移開。

大腿根部被裙子遮住，無法看見。音音應該能再多少容忍一點吧？但音音卻按住我想把裙子掀得更高的手。一抬頭，就看見她用懷疑的眼光看著我，我只好乾笑兩聲，放開裙襬。

（真可惜……）

但也不需要著急。接下來還會做更刺激的事情，著急反倒會壞了整個計畫。如果現在就順從慾望衝動行事，就會沒辦法繼續利用「預先演練約會情境」這個藉口。

我站起來，說：

「嗯，妳穿這樣很好看。感覺就像變成了全新的妳。」

「是嗎？」

「絕對是。我有幫妳問過道場那些人的喜好，穿這樣一定沒問題。」

其實根本就沒問過。衣服完全是照著我自己的喜好挑的。

我不打算去找已經很久沒聯絡的那些人。沒有要回道場的意思還回去一趟，害師父白白懷抱期待，也會很讓我過意不去。

「既然鹿乃都這麼說了……那我就買下來吧。」

「嗯。」

我說「那我在外面等妳」，離開試衣間。

附近還沒有其他人來，沒有受到任何人側目。

一段時間後，音音拿著摺得很整齊的衣服走出來，往收銀台走去。

我凝視著她前往結帳的背影，重新確認接下來的計畫。今天的行程還沒有結束。

還要去看電影。

看電影是很適合測試一些特殊情境的好機會。可以演練昏暗的電影院裡可能會發生什麼事情，也可以測試最多可以做到什麼地步。

「讓妳久等了。」

音音面帶著微笑回來，讓我感覺內心一陣刺痛，但我還是吞下了這股疼痛。

「那，我們走吧。」

說完，我就牽起音音的手。音音也一樣握緊我的手，讓我得克制住差點忍不住踩起小碎步的雀躍心情。

7

離開快時尚的店家以後，我們就前往跟車站相連的百貨公司，而音音也在百貨公司的化妝室裡換上剛才買的新衣服。

上衣的風格雖然有點大膽，卻也不會顯得低俗，圍裹裙也是只要正常走路，就不會讓腿外露。不過，只要步伐跨得大一點，就能隱約看見她的大腿，真的很煽情。

音音把穿來的衣服寄放在外面的投幣式寄物櫃之後，我們就在往郊外購物中心的接駁公車站等待公車到來。因為購物中心裡面有影城。

公車站裡已經有十個人以上在排隊，很難保證一定有位子坐。

「呃，音音。」

我壓低說話的音量。

「接下來就是真的在約會了。妳要假裝我是妳的男朋友。我做的事情就是妳的男朋友會做的事情。妳反應的時候不要忘記這一點喔。」

「嗯，好。」

音音輕聲笑道。

雖然感覺不出音音想要全力以赴，但她的從容不會維持太久。等她知道自己會遇到什麼狀況，應該就無法這麼平靜了。

公車在一段時間後到站，雖然有搭上車，卻也一如預料，沒有位子可以坐。今天是星期六，我本來就做好了可能沒位子的心理準備，只是這樣就失去一次貼近音音的機會，還是難掩失望。

不過，要突然在車子裡扮演卿卿我我的情侶也是有難度，得以免於失控，說不定也不是壞事。我發誓一定要在電影院裡補償這份損失。

接駁車在約十五分鐘後抵達購物中心。

我們走下公車，前往購物中心的最裡面。

因為是假日，途中的美食區也有不少人。來購物中心的不只有坐接駁車來的人，也有一家人開車來玩的。

電影院大廳也還算熱鬧。爆米花跟飲料販賣區前面有短短的排隊人龍。

我沒有理會那些人，而是到票券販賣機前面排隊，購買二十分鐘以後開演的電影票。我有事先在網路上預約座位，不需要現場選位。

中間的最後一排。

確認座位號碼的時候也會同時顯示其他座位是否有人購買，不過，除了我買的座位以外，幾乎全是空位。

這也難怪。這部電影已經上映一個多星期，下星期就會下檔了。這是漫畫改編的日本電影，似乎是由一名男偶像主演，但我從來沒聽過這個人的名字。

也因為這樣，我才會選這一部。

坐在選好的位子上，可以發現影廳內的景象是一覽無遺。除了我們兩個以外，就只有一個坐在前面的人。應該不會再有更多觀眾了。

「……這部電影好看嗎？」

音音小聲詢問。

「不知道耶。」

我疑惑回答。音音對我的反應感到狐疑，皺起了眉頭。我帶她來看電影是出於其他目的，所以沒有先確認過到底好不好看。對我來說，最重要的條件是影廳內的觀眾要少。

預告片段過後的監視器頭男人提醒完一段話後，廳內瞬間變暗。

緊急照明也緊接著熄滅，開始播放影片。

我原本還很擔心會看得太入迷，但畢竟是上映三星期就下檔的電影，內容的確非常無聊。不只劇情差，主角的演技更是糟糕透頂。動作戲的部分看在有練空手道的我眼裡，也是很沒氣勢。

我很好奇音音的感想，往身旁瞥了一眼，就發現她看得意外投入。只是她嘴上沒有任何笑意，表情看起來像是在努力尋找這部片有趣的地方。音音右手扶著她纖細的下巴，左手放在椅子扶手上。

（……好，要上嘍！）

我跟準備上場比賽的時候一樣，先提振自己的士氣。我有種上戰場前激動到忍不住發抖的感覺。

現在甚至比準備跟人交手的時候還要緊張。

雖然就某種意義上來說，眼前這個場面也是一種戰鬥。

我輕輕伸出自己的右手，打算放到音音的左手上。就要碰到的前一刻，我緊張到有一瞬間停下了動作。

（上吧！）

我下定決心，把手放到音音的手上。

只是有點太大力了，變得像是在拍打手背。

音音也被嚇到抖了一下。

不過，音音並沒有把手抽走。大概是因為有先說是模擬約會的場景，所以她也有當成是真的在約會。

也就是說，就算會長突然握住音音的手，她也不會感到排斥。雖然她沒有把手甩開是很好，但我心裡還是很不是滋味。

也因為這樣，我更不打算手下留情了。

電影院裡幾乎沒有其他人，周遭很昏暗，沒有人在注意我們。所以，我也不打算只摸摸手就了事。

我抓住音音的手，讓她的手心朝上，再用力握住。這樣還沒什麼特別的。我們平常就常常牽著彼此的手。

不過，接下來就不一樣了。

我張開手指，先是滑過音音的手心，再伸進她的指間，扣住她的手。

也就是情侶們常見的十指交扣。

可能是這個舉動讓音音實在難掩驚訝，手的力道比剛才變大一點，也僵硬了起來。這種行為跟剛才牽著手走路有著不同的意義。音音的手掌發燙，開始冒出汗水。

這樣的變化，讓我相當振奮。會流汗就表示有在緊張，在在顯示她確實有把我當成假想的情人。

我們就這麼維持十指交扣的狀態，盯著螢幕好一陣子。老實說，電影演的內容完全看不進腦袋裡。

我的意識完全集中在彼此牽著的手在發燙的事實，甚至感覺音音加速的心跳透過手傳遞了過來。

雖然我自己的心跳其實跳得更快。

我很想就這樣永遠牽著音音的手，但我該進入下一個階段了。

我放鬆手指的力道，放開音音的手。

貼合的肌膚分開時，有種沾黏的觸感。黑暗中傳來音音鬆了口氣的聲音。

哼哼……妳以為這樣就結束了的話，可就大錯特錯了。

不如說，接下來才是重頭戲。

我沒有把放開的手擺回原本的位置。

不只如此，我還把手越過椅子的扶手，緩緩往音音的座位伸過去。

不過，我突然下意識停下了自己的手。雖然隔著裙子，可是這樣真的好嗎？——我僅存的良知細聲問道。但是，我怎麼能在這個時候退縮！

（我摸！）

我隔著裙子觸碰音音的大腿。

音音訝異到身體一彈。

「……鹿乃？」

音音終究還是忍不住在語氣中表露出少許著急。

我大口吞下口水，繃緊神經，往音音的方向挪動身體，也把臉湊近她。

「妳……妳想拒絕也沒關係，但是會長搞不好會很失望喔。」

「……妳好詐喔。」

我自己也這麼認為。

不過，我把音音的回答視作同意，做出更加大膽的行徑。

我把手伸進裙縫，直接摸起音音的大腿。

音音抖了一下。

這就是我選擇圍裹裙的理由。就算不用把裙子整個掀起來，也能直接摸到她的腿。

音音的大腿有點冰涼，很滑嫩。觸感就好比大理石的柱子，摸起來很舒服。

幸好現在不是冬天。我還是比較想直接摸到音音的腿，而不是得隔著一層長襪。

我的手在音音大腿上不斷來回。一段時間過後，音音原本冰冰涼涼的肌膚也開始像剛才手掌那樣逐漸發燙，冒出汗水。

我亢奮到腦袋快要燒壞了——不，說不定早就已經燒壞了。

因為我心裡已經沒有任何一絲猶豫。

我把手往大腿內側移動。

侵入到貼在一起的雙腿之間。雖然難免稍微引起音音的排斥，但我不多加理會，直接把手伸進縫中，排斥的力道也隨之減弱。

比大腿更燙的大腿內側，以柔軟觸感包覆著我的手掌。

細細品味這份觸感一陣子過後，我才加強手的力道。我把音音雙腿間的縫隙稍稍撐開了一點。布滿影廳內的冷氣風，也竄進了音音雙腳中間的空隙。

我偷偷看向音音，發現她的視線已經不在螢幕上了。她閉起雙眼，像是在忍耐著什麼，還輕輕咬著她豐厚的嘴唇。

我盯著音音的表情，同時不斷來回移動撫摸大腿內側的手。接著緩慢地——真的是一點一滴地，慢慢往更裡面的方向摸。

手裡傳來的體溫，也隨著前往更深處而逐漸升溫。

我停止撫摸，輕輕揉了一下。

「呼……」

音音口中傳出不曉得該算吐氣聲，還是叫聲的聲音。

應該沒有其他人聽見。

雖然真的非常小聲，但我沒有漏聽。她忍不住吐出的這一口氣，證明她有覺得很舒服。

我不知道其他人覺得舒服的時候會發出什麼樣的聲音，不過，音音發出的聲音跟我自己來的時候一模一樣。

好想要再多聽幾次。

我用忽強忽弱的力道，揉起音音的大腿內側。我很享受每一次都能聽到音音吐氣的聲音有微妙的變化。

感覺我正面對一種想要把手伸往更深處的誘惑。

只剩不到幾公分。

再移動幾公分，就能碰到至今還不曾碰過的——音音的私密處。

我們有一起洗過澡，所以我也曾經遠遠看過音音閉合的私處，可是現在的觀點已經跟過去不同了。

而且，我當然不曾碰過音音的那個部位。

胸部倒是有。

雖然只是在鬧著玩，但我有摸過音音的胸部好幾次，也一樣被她摸過好幾次。就算大小差不多，也還是跟摸自己的胸部有截然不同的感受。

（再往更裡面——）

——此時，螢幕裡出現了爆炸場景。

爆炸的光芒跟巨響，喚回了理性——以及日常生活。

（……看來……該收手了……）

我在一陣內心糾結過後，抽回自己的手。

要是現在就急著更進一步，會超越約會演練的範疇。用恢復正常的良知來想，就知道在這個地方不能做更深入的事情。

看起來鬆了一口氣的音音把裙縫弄整齊。

「……我們出去吧。」

我小聲說完，音音也回答「嗯」，點頭同意我的提議。

反正電影依然在播著演員差勁的演技，而且我完全沒有把劇情看進腦袋裡，沒必要再繼續待下去。

☆

離開影廳後，我們最先前往的地方是廁所。

我走進跟音音隔了一間的廁所，在脫下內褲之後「啊」了一聲。胯下跟內褲之間，牽起了一絲帶有光澤的透明黏液。

（音音會不會也一樣……）

我一邊這麼心想，一邊用面紙擦掉內褲上的黏液。

8

「……男生都會在電影院裡面做那種事情嗎？」

音音狐疑問道。

「對……對啊。」

我清了一下喉嚨，才如此回答。

「我……我是聽道場的那些人說的，絕對不會錯！他們說可能會引人側目的時候是不敢太大膽，不過電影院很暗，所以雙方都可以放得比較開。」

我胡說的。

第一次約會就做這種事情的人，鐵定不會是什麼正經的傢伙。很可能是已經很熟練，或是打一開始就是衝著肉體來的。網路上都是這麼說。

所以，我才決定反其道而行。

只要先讓音音誤以為一般人都是這樣，說不定等哪天她真的跟會長約會，就會對沒有主動肢體接觸的會長起疑。

懷疑會長可能並沒有多喜歡自己。

（我也完全不打算讓他們進展到可以約會就是了。）

讓音音在告白之前就死心——

就是我的目的。不過，也總要有個備案，以防萬一。

音音小聲說了句「是喔」。

她的表情看起來沒有在懷疑。似乎是真的相信男生都是那樣。雖然是我自己刻意騙她，但她這麼容易就相信，反倒很讓人擔心。

我們在購物中心的美食區吃完了午餐。

之後就在寬廣的購物中心內散步，逛逛各種店家。與其說是約會，更像是普通地一起來逛街。

音音好像也已經恢復平時的從容，玩得很開心。

不過，我今天的計畫還沒有結束。

我帶音音前往遊樂區。遊樂區裡有幾十台夾娃娃機跟拍貼機，隔壁也有給小孩子騎的遊樂器具。

由於是星期六，難免會有很多人。

但也不至於需要排隊，而且最近也不流行玩拍貼機，想選哪一台都不是問題。

「感覺好久沒一起拍照了～」

音音開心地環望周遭。

我這才想起來，上一次一起合照應該是國中畢業典禮之後的事情了。

現在的拍貼機比以前多出不少功能。當時已經有化妝功能，但現在還能改變性別？變老？變年輕？變動物？

用了這些功能的話，根本就看不出印在貼紙上是誰了吧？

而拍貼機當然也可以拍出沒有任何加工的照片，我決定拍普通的照片就好。

「要拍什麼樣的照片？」

音音喜孜孜地問道。大家拍這種照片的時候，常會用幾種非常常見的動作，但我已經決定好今天要用什麼姿勢來拍了。

「這個。」

我從包包裡拿出P○cky。細得跟義大利麵差不多的脆棒，再裹上巧克力——是一種在派對遊戲等活動經常被拿出來的零食。

「P○cky遊戲。」

「咦……妳認真的嗎？」

音音表示難以接受。

她的表情差點直接讓我挫折，但還是勉強撐住了。我不甘心就這麼放棄。畢竟已經無法回頭，而且我也不打算打退堂鼓。

「我認真的。聽說因為最近的男生都不知道怎麼引導女生跟自己接吻，所以都一定會用P〇cky遊戲來炒熱氣氛。」

這當然也是我胡說的。

「說玩P〇cky遊戲可以很自然地把臉貼很近，又能拍出讓人有點心跳加速的照片，當成紀念。」

「是……是喔……」

「男生提議玩這個的時候，其實都是逼自己擠出很大的勇氣才敢講。要是拒絕，就會搞得場面很尷尬，所以我覺得妳還是先習慣一下比較好喔～」

我打開袋子拿出一根巧克力棒，用嘴唇夾著。

「嗯。」

我把含著的巧克力棒湊到音音面前。

「…………」

「嗯。」

我不斷擺動P〇cky。

音音又猶豫了一下子，才微微張開她可愛的嘴唇，含住塗滿巧克力的另一邊前端。

（好……好近……）

就算早知道會湊得很近，還是很意外距離比想像中的近，都快碰到彼此的鼻子了。我感覺到自己的心跳加快步伐，全身開始冒汗。

不過，不展開行動，遊戲就無法成立。

P〇cky遊戲等於是在比膽識。比哪一邊更能撐，雙方輪流吃一直到再吃下去，就會親到對方的位置。

只是我不打算中途收手。我想趁機搶走音音的初吻，也同時把自己的初吻獻給她。然後把關鍵的那一瞬間拍下來留念——這就是今天最大的計畫。

喀。

我先咬了一口。

……喀。

音音也咬了一小口。融化的巧克力沾上了她的雙唇。

我也再咬一口。

接著換音音再咬一口。

P〇cky愈變愈短，我們貼近到鼻頭幾乎要碰在一起。

音音吐出的氣直撲我的臉上，有點癢癢的。

音音又圓又雪亮的雙眸顯露些微晃蕩，眼睫毛不斷顫抖。

心臟不斷快速發出怦怦聲響。

再一口。

這下是真的碰到了彼此的鼻頭。

距離嘴唇只剩不到幾公分。

不曉得音音是不是開始承受不住跟我貼得太過靠近，閉上了眼睛。

（這……！）

心臟跳了好大一下。喜歡的女生在自己眼前閉起雙眼——意思是可以親下去嗎？

我無視心裡那個冷靜的自己在吐嘈「哪有那麼好的事」。錯過這個機會，就無法達成今天的目標了。

我側眼看向拍貼機的觸控板，一口氣把剩下的巧克力棒全部咬下去。

我感覺自己碰到了音音的嘴唇。

同時伸手按下觸控板上的拍照鈕。

『要拍嘍～！來，笑一個！』

隨著這段語音的出現，「喀擦」的快門聲也在拍貼機的小空間裡響起。

太好了！

一定有拍得清清楚楚的！

我高興得差點踏起小碎步，卻也沒有實際這麼做。因為音音的嘴唇一直沒有要離開的意思。

我本來以為音音會在碰到嘴唇的當下就嚇到退開。不過，音音現在卻是僵在原地，沒有多做什麼。

我們依然親著彼此的嘴唇。

腦海裡瞬間閃過許多思緒。最終得到的——

（……她以為是在做接吻的演練嗎？）

是這樣的結論。

一瞬間有股喜悅讓體溫飆升，但我立刻發現到這個結論背後代表著什麼意思。

這表示音音不是認為自己在跟我接吻，而是在跟男人接吻。

心裡忽然燃起了一道火焰。

那是交雜著憤怒與嫉妒的幻影之火——這把火燒掉了我心中的寬容與猶豫。

（既然妳是這麼想——）

我知道音音會當作是在跟男人接吻的原因就出在自己身上，卻也無法消化湧上心頭的複雜情緒。

我左手用力摟住音音的腰，加強接吻的力道。被我抱在懷裡的她渾身僵直，卻也仍然沒有試圖掙脫。

嘴裡還咬著P〇cky，只是用力把彼此的嘴唇湊在一起的笨拙一吻。

我不曉得接下來該怎麼辦才好，就一直維持同樣的姿勢。忽然，我一時興起，決定咬一下P〇cky。

我們的嘴唇之間早已沒有任何空隙，所以這個舉動造成的結果，是讓我們吻得更深。

音音發出「嗯嗯」的呻吟。

她也一樣用牙齒咬著P〇cky，無處可逃。融化的巧克力在我們的嘴唇之間擴散開來，既溫熱，又帶著甜味。

好想再多吃一點試試看——我貪心地再繼續咬一口，就不再感受到P〇cky的阻礙。因為剩下的部分全被我吃進嘴裡了。

彼此的臉也當然因為這樣拉開了距離。

「……………」

「……………」

我們不禁相互對望，陷入一股尷尬的氣氛當中。

我咬碎嘴裡的P〇cky，吞下肚。音音在我吞下去的瞬間，直盯著我的喉嚨看。

糟糕，這樣是不是太過火了？就在我感到強烈後悔的時候，音音突然對我微微一笑。

「嚇了我一跳。」

她把微微握拳的手抵在嘴邊，呵呵笑道。她的拳頭上沾著融化的巧克力。發現有沾到的音音伸出她可愛的舌頭，舔掉手上的巧克力。

剛才湧上心頭的後悔瞬間煙消雲散。我突然好想湊過去吸住她的舌尖，但真的這麼做的話，我就沒戲唱了。所以我還是努力克制住這股衝動。

「原來約會會做這麼刺激的事情。」

「呃，嗯。」

「可是，鹿乃，這樣真的好嗎？妳竟然為了幫我，犧牲掉自己的初吻。」

「這——」

「啊，可是我們都是女生，應該不算數吧。」

胸口一陣刺痛。

不算數——當作沒發生。

或許對音音來說是不算數，但對我來說，這的的確確就是跟喜歡的人的初吻。

旁邊傳來「喀噠」的聲音，接著，似乎沒有看出我真正想法的音音就拿起從取物口掉出來的大頭貼。

「哇，拍得好清楚。嗯～可是，這種照片也不好意思給其他人看就是了。」

說著，她就把八張貼紙撕成兩等份。

「來，給妳當紀念。」

我收下音音遞出的那一半貼紙。

「妳也要留著嗎？」

這些照片在我心目中確實是很重要的紀念照，但在音音眼中就只是一件「不算數」的事情，她卻想要留著。

「那當然。雖然初吻不算數，可是這畢竟是跟最要好的朋友第一次拍這種紀念照嘛。」

「是……是喔。」

聽到音音說要做紀念，我也有點鬆了口氣。

「不過，真的很謝謝妳願意耗這麼多心力幫我。妳不會覺得不舒服嗎？」

「當……當然不會！」

我反倒希望可以有更多這樣的機會。我把這句話吞了回去。

「而且，接下來還有很多練習課程在等著妳喔。」

「接下來？」

「啊，但是今天就練習到這裡。情侶的關係有分好幾個階段，我們就好好練習，避免妳在每一次感情升溫的時候突然不知道該怎麼辦。」

「嗯，就再麻煩妳了。」

音音低頭敬禮的模樣，讓我冒出些微的罪惡感。同時，我也把拍下初吻的貼紙小心收進了懷裡。

☆

當天晚上。

我洗完澡穿著睡衣躺到床上，欣賞著今天拍的大頭貼。照片的視角很完美，也清楚拍下了自己跟音音接吻的模樣。

唯一有點可惜的是自己的眼睛沒有閉上，而不要在乎這部分，就是張只要看一眼，就會忍不住傻笑的照片。

音音說要把這個當作「紀念」。

雖然她的「紀念」應該跟我是不同的意思，但也幸好音音沒有說她不想要這些大頭貼。

光是她也有把這份回憶留在身邊，就讓我感覺胸口暖暖的。

不過，接下來要做的事情還有很多。

我擬定約會行程的時候，根本沒有特地徵詢道場其他門徒的意見。我只是把網路上一些男人的妄想跟自己的慾望拼湊起來而已。

看電影是很常見的套路，所以還有辦法只憑妄想擬定計畫，但接下來就更需要好好調查學生會長了。社群平台上找得到的資訊都不夠深入，掌握不到什麼關鍵。

我不知道音音對學生會長的了解到什麼程度，但既然喜歡他，興趣跟喜好那些應該都知道得比在社群平台上找得到的資料還要詳細。

約會演練是在模擬跟學生會長約會，所以挑選行程的時候，必須考慮到他會去的地方，還有會喜歡的事物，不然就無法讓音音答應接受演練。

啊，不過——

我深深嘆息。

「好想再跟她親久一點……」

那一吻真的很甜。

而會覺得甜，也絕非單純來自巧克力融化的甜味。

總之，先看看他的長相吧。

我懷著這樣的想法在走廊上漫步前行，打算前往三年級各個教室所在的四樓。這層樓有特殊教室，一二年級生出現在這裡，也不會顯得突兀。

我已經知道學生會長的班級是3-A，但也不需要找教室在哪裡。

因為有一大群女學生聚集在他的教室前面。

我從大群學生的最外圍往教室內看去。3-A的學長姊不知道是不是習慣了，全都很心平氣和地過著各自的下課休息時間，不怎麼在乎教室外的人潮。

其中，有一個人特別醒目——就是川久保劍。

他的長相不算帥到很誇張。如果有加入偶像團體，差不多會排在第三名。不過，他也的確是比一般人還要帥。

頭髮偏長，而且顏色偏淡，也是格外醒目的部分。他畢竟是學生會長，應該不是染的，而是天生就這種髮色。

身體很纖瘦，手腳都很細長。學業成績是校內頂尖，運動神經一般。他衣服底下的肌肉沒有很壯。格鬥練出來的肌肉就算隔著一件衣服，都能看出來練到什麼程度。我很確定自己跟他對打，絕對可以贏。

隨後，川久保注意到外面的大群女生，揮了揮手。

周遭的女生開心到忍不住尖叫。

他根本是自以為偶像吧？我覺得很反胃，但又想到不可以太引人注目，就假裝跟其她女生一樣開心，融入人群。

受到其他學長調侃的川久保露出了苦笑。他說著「別調侃我了啦」的態度沒有給人隨便或粗野的感覺，看起來很溫和。

「我好像沒看過妳呢。」

我忽然聽到有人對我說話，轉頭看往聲音的來源，就發現有一個三年級的女生手扠著腰，眼神銳利地盯著我。

「妳來做什麼的？妳也是會長的粉絲嗎？」

「不是，我只是有事情要去更裡面的教室，就在路上看到有一群人聚集在這裡，覺得很好奇而已。」

「可是，妳剛才看起來跟我們一樣開心耶？」

「那是因為……就算不是會長的粉絲，也是每一個女生都會很高興看到他朝自己的方向揮手吧？」

我不斷吐出謊言。我其實沒有這麼愛說謊，但只要能讓我成功搶走音音放在會長身上的心，我就願意不擇手段。

學姊露出覺得有意思的神情。

「哦？妳資質不錯嘛。妳要不要也加入粉絲俱樂部？」

說完，學姊就從口袋拿出摺起來的一張紙。

我收下那張紙，攤開來以後，發現是粉絲俱樂部的加入申請書。就在我對學姊把申請書隨時帶在身上感到有點傻眼的時候——

「妳如果想了解我們的活動詳情，可以到圖書室看看，那裡有統整我們每一次會報的資料。雖然加入會員以後可以從社群平台的訊息群組看到更多跟會長有關的消息——總之，妳就先看看圖書室的資料吧。」

「謝謝妳。」

我掛著微笑說道，離開人群。

本來我是希望有機會跟學生會長講上幾句話，但看來非常困難。粉絲俱樂部的成員大概不會允許我這麼放肆。

不過，這也算是得到了不錯的情報。

既然有粉絲俱樂部的會報，應該不必問會長的同學，就可以找到各種資料了。

放學以後就到圖書室看看會報吧。

☆

為什麼圖書室會有粉絲俱樂部的會報？這個謎團的真相很簡單。

因為會報是去年文化祭時，用文藝社作品附錄的名義發行的。

基本上，文化類社團的出版品都會捐贈給圖書室，也因為這樣，才會擺有統整粉絲俱樂部會報的資料。

文藝社的副社長似乎是粉絲俱樂部的會員。

一跟班上的圖書委員提到我聽說圖書室有學生會長粉絲俱樂部的會報，圖書委員就解釋了為什麼裡面會有會報的來龍去脈。

會報的資料無法帶出圖書室，只提供閱覽。於是，我就在放學後來到了圖書室。

不知道為什麼，覺得很久沒來的圖書室裡，有跟祖父母家一樣的味道。

感覺冷氣比教室的還要冷。如果是基於保存維護圖書室裡的書才開這麼冷，反倒有點奇怪。難道他們把書看得比學生還重要嗎？

不過，我現在倒是很高興圖書室裡很涼快。

問好擺在哪裡以後，我前往擺放會報的書櫃，看見上層擺著一整排沒有書背，很薄的冊子。每一本就是一次社團活動的紀錄，還附著標籤。

文藝社的冊子比其他社團還要多。總之，既然有擺在書櫃上，有會報的部分就會在最新的幾本裡面。

川久保是高三，所以粉絲俱樂部應該是最近兩年才成立的。

我抽出最後四本，也找到了我要的資料。

有三本是文藝社的社刊，但印有特別增刊號幾個字的那一本上面，寫著「Sword粉絲俱樂部會報錄」的標題。

大概是因為學生會長的名字是「劍」，才會取「Sword」這個名字。連我都忍不住幫他害臊了。就算要講客套話，也很難昧著良心說俱樂部的名字取得很好。

我把其他冊子放回書櫃，拿著會報錄到桌子左右兩邊有隔板的座位上。

圖書室裡幾乎沒有其他學生，想挑哪一個位子坐都不是問題。

我選了很裡面，而且不顯眼的位子，在桌上攤開會報錄。

會報是用月刊的形式發行，每一期都是薄薄一張紙。上面除了學生會長當月的動向之外，還有每個月不同主題的企畫。

其中有一個應該有助於收集情報的主題。

——『採訪學生會長一百問』。

我不懂會長為什麼願意接受採訪，但這也的確是我需要的資料。既然放在圖書室，說不定音音也有看過。

雖然很麻煩，我還是決定從頭開始看。

——Q15：請問你喜歡什麼樣的女性？

——A15：我想想，我喜歡做好自己的人。

這個答案可以有很多種解釋，也能解釋成「高中生要有高中生的樣子」。只是高中生也有千千萬萬種，要說到配得上學生會長，大概就是個性認真、正直的人。

不過，我其實不在乎這個問題的答案。

他沒有明講自己喜歡什麼樣的人，就算真的有特別喜歡的類型，音音也不可能會知道。

對了。

下一次換教她化妝怎麼樣？

我平常只有用淡色的護唇膏保養，音音則是有認真在化妝。

但是，我也不是不會化妝。跟音音一起過聖誕節，或是去主題樂園的時候，多少還是會比較用心一點。

只要用「教她化會長喜歡的妝」當作藉口，就可以盡情碰音音可愛的臉龐。

說不定也有機會順勢跟她接吻。

一想到這裡，就忍不住亢奮起來。

我決定採用這個計畫的同時，也繼續閱覽後續的問答。

——Q60：出遊喜歡到山上，還是海邊？

——A60：海邊。

太好了！學生會長喜歡海邊的話，就有很多事情可以做了。從幫音音挑泳衣到擬定海水浴的行程，都有插手的空間。

雖然沒辦法誘導她穿太裸露的泳衣，但比基尼應該沒有問題。

而且我也一樣沒有泳衣，不只可以一起去買，也可以找各種理由一起試穿。

太教人興奮跟期待了。

——Q79：你喜歡唱ＫＴＶ嗎？

——A79：我偶爾會去唱。有時候覺得壓力大，就會自己一個人去唱。

這也是可以利用的一點。

ＫＴＶ的包廂是密室。即使門上有窗戶，也還是存在許多死角。準備全壘打之前的約會，會做一些已經是擦邊球的事情。或許到時候地點挑在ＫＴＶ，也是不錯的選擇。

——Ｑ１００：你會想要有交往對象嗎？

——Ａ１００：我現在是學生會長，所以我會把全校學生放在第一順位。

「嘔噁！」

我反感到忍不住發出聲音。

他的說法實在不像真心話。是很標準的場面話。

不過，他可能也真的不打算交讀同一所學校的女朋友。因為那樣會直接引爆粉絲俱樂部所有女生的怒火。雖然她們會是對女方生氣，可更大的問題是交往的事情也會因此曝光。

我們學校禁止男女交往。

當然也有些人是瞞著校方偷偷交往，老師也故意睜隻眼閉隻眼，所以只要不至於有裸照外流，或是被人知道懷孕，就不會演變成大事。

但是，學生會長就不一樣了。

學生會長代表所有學生。這個職位的人觸犯校規，教師們勢必無法置之不理。

一想到這裡，就覺得不出手妨礙學生會長，或許也不成威脅。

不過，凡事都有例外。

假設他不惜拋棄現在的地位跟人生，也想成就一段戀情。

何況向他告白的對象，還是堀宮音音這個女生。

就算他真的寧願捨棄學生會長的地位跟大學推甄，也要交到這個女朋友，我也不會覺得意外。

（計畫還是要繼續進行。）

我闔上冊子，重新下定決心。我絕對不會讓任何人搶走音音！

10

「啊，歡迎妳來～」

音音用拉長尾音的柔和語調打招呼，打開玄關門迎接我的來訪。我還以為我的眼睛要瞎掉了。

今天的音音就是可愛到讓我快要瞎掉。

她穿著綴滿花邊的白色無袖連身裙，衣服跟身體之間有許多縫隙。

只要她稍微前傾身體，就能窺見她白皙豐滿的胸部。

「進來吧。」

而且，她把頭髮綁成丸子頭，讓她的後頸毫無遮掩。整體來說，露出程度算是偏高。

「打擾了～」

明明已經來過很多次，卻彷彿第一次來她家的感覺。

別人家的味道真的很神奇。跟我家的味道有很大的差別。

音音家是獨棟房屋，或許也是出現這種現象的原因之一。公寓通常是鋼筋水泥，但獨棟房屋有很多是木造房。說不定是材料的差異，才造就氣味上的不同。

不過，屋內的景象倒是跟我一個月前過來的時候差不了多少。

就在我們走上二樓，準備進音音的房間之前——

「抱歉。」

音音突然這麼說。

我很快就了解到她是在為什麼事情道歉。因為她一打開門，就有股悶熱的空氣飄進涼爽的走廊。

「冷氣有點故障了。好像明天才會有人來修，但今天就……」

「沒關係，我不介意。」

房間裡跟戶外比起來，還是相對涼快。看來並不是完全不會動，只是變得不太涼。

「妳隨便找地方坐。我去拿冰的飲料過來。」

「嗯。」

我目送音音離開房間後，就坐到矮桌旁邊的坐墊上。

我環視起音音的房間。

看到牆上掛著先前買的椰綠色襯衫跟圍裹裙，就忍不住高興了起來。這代表音音很喜歡上次買的衣服嗎？

她的床整理得很整齊，沒有半點雜亂。
桌子也整理得很乾淨。
不知道會不會有日記藏在房間的某個地方？我沒有寫日記的習慣，但音音搞不好有寫。如果真的有寫，那我很想知道音音對前陣子那次約會的感想。不過，我沒有打算找出來看。風險太大了。
音音的房間有半面牆左右都擺著書。那些書有很多是我難以理解的複雜知識，讓我心理上很排斥去深入了解。
「久等了。」
音音沒有穿室內拖，所以一直到她開門，我才注意到她回來了。
我很慶幸自己沒有一時衝動。
要是輸給誘惑，在房間裡到處亂翻，現在可能已經面臨人生的終點了。
「今天要做什麼？」
音音把應該是冰咖啡的飲料放到我面前，開口問道。
「音音，妳有看過會長粉絲俱樂部的會報嗎？」
「沒有。」
原來她沒有看。這讓我稍微鬆了口氣。

「呃……圖書室裡有統整成一冊的會報，上面有很多資料，我就查了一下會長的興趣，跟他喜歡什麼。」

「真的嗎？哇，謝謝妳！」

音音很高興地在胸前合起雙手，面露微笑。

雖然可愛，卻也很可恨。

「……上面也有寫會長喜歡怎麼樣的女生，所以我在想，今天要不要就來練習化會長喜歡的妝。」

「嗯，好啊。」

音音爽快答應。

我努力忍下良心受到她這份信任苛責的痛。

「可是，自己化妝跟幫別人化妝差很多耶，沒問題嗎？」

「沒問題、沒問題。」

我的確沒幫別人化過妝，但既然有辦法自己化妝，應該也不會太困難。

「呃……妳這裡有化妝品嗎？」

「當然有。」

音音站起身來，把房間角落全身鏡旁邊的箱子拿到我面前。我從來沒看過這麼正式的化妝箱。

跟我隨便挑了一個放在小背包裡的完全不同層次。

「那，就麻煩妳了。」

音音說著露出了微笑，但仔細一看——

「……妳該不會已經有化妝了？」

「只有打底而已，所以妳幫我上這些部分就好，我沒有畫眼影，也沒有抹粉底，當然也沒有塗口紅。啊，妳有要用到那裡面沒有的顏色的話，我還有別的可以給妳用。」

完了。

我決定乖乖認輸。我們對化妝的講究程度差太多了。而且，音音塗口紅是用筆。我帶來的當然只是一般的伸縮式口紅。

「抱歉，我教不了妳。」

「嗯？」

「我把化妝想得太簡單了。我會告訴妳會長喜歡怎樣的妝，妳還是自己來比較好。聽說會長喜歡做好自己的人。」

「做好自己？」

「我猜應該不是要有自我風格，是要符合自己的身分的意思。像是要有一個高中生該有的樣子，或是有一個已經出社會的人的樣子之類的。」

「符合高中生形象的妝……那就是自然妝了吧？」

「應該是。」

「……好，謝謝妳。可是，自然妝的話，鹿乃應該也有辦法幫我弄吧？妳不是平常就化自然妝嗎？」

「我這個根本算不上有化妝，我沒辦法化得比妳好。」

「會嗎？我是希望妳可以幫我化……」

「不不不。」

音音用懇求的眼光看了我一眼，讓我有點動搖，但我還是堅決表示拒絕。我不想失手把音音臉上的妝化得很醜。

「那，不然我來幫妳化妝吧？」

「咦？」

「反正東西都拿出來了，我來幫妳化。其實我很會幫別人化妝喔。每次去親戚的聚會，表姊妹跟阿姨都會要我幫她們化妝。」

我從來沒聽說過這件事。

「那……就麻煩妳幫我化了。」

「嗯，交給我吧。」

語氣開心的音音打開了化妝箱。氣派的鏡子也隨之從箱子裡出現，大人照出我的臉。甚至在音音碰了一下箱子背面之後，還亮起了燈光。

「妳平常有在防曬嗎？」

音音坐到我身旁問道。

「沒怎麼防曬。」

我搖搖頭。

「頂多就是把擦身體用的順便把手抹一抹而已。」

「不行啦～妳要趁現在好好保養才行……妳應該有在保養皮膚吧？」

「多少有。」

「妳好棒喔～」

音音的語氣就像是在哄小孩。

「那，妳轉頭看我這邊。」

我乖乖照著音音的指示轉頭看往旁邊，發現音音的臉就近在眼前。

（好近！）

雖然會覺得都在拍貼機裡接吻過了，沒必要現在才在乎靠得很近，但只有過一次的經臉，還是無法讓我輕易習慣這麼貼近的狀態。

音音看起來沒有察覺我內心的慌亂，用毛巾擦拭我臉上微微冒出的汗水。接著，她把化妝水塗到掌心，再用拍打的方式抹在我的皮膚上。

音音的手冰冰涼涼的，還會稍微吸住我的皮膚，我也覺得這種觸感很舒服。

「妳擦防曬會過敏嗎？」

「……不會。」

「那應該用這個比較好～」

音音從噴嘴擠出來的液體不是我偶爾想到才會用的白色的類型，而是米色的。

她把液體擠在自己手背上，再把手移到我臉旁。

「嗯，妳的皮膚要用這個顏色。這個也等於順便打底，可以省掉一個步驟喔。」

說完，音音就把乳霜點在額頭、鼻子、下巴跟臉頰上，再往外緣抹開。

（哇，好舒服。）

我平常不會被人像這樣摸臉，好新奇的感覺。雖然看自己在鏡子裡的臉被抹得扭來扭去很難為情，但我不介意讓音音看到這副模樣。

不過，在這麼近的距離下被音音盯著臉看，還是不免讓我的心跳瘋狂加速。就算不可能聽得見心跳聲，我還是很擔心會被音音聽見，完全靜不下心。

「那，接下來換粉底……」

音音說著拿出一個瓶子。我用的粉底是粉狀的。我從來沒用過粉底液。

跟剛才打底的時候一樣，先擠出適當的量在手背上。

「好了，妳再轉過來我這邊。」

我遵照指示轉向音音那邊。

無法繼續承受刺激的我，閉上雙眼，音音則是用手指把粉底液輕輕點在我臉上，再接著抹開。

由內向外。

幾乎沒有被拉扯皮膚的感覺。我自己抹的時候總是隨便抹一抹，但音音的動作跟我完全不一樣。

好舒服。好希望她可以就這樣一直摸我的臉。她的手指劃過下巴輪廓的時候，我差點忍不住發出聲音。

「應該這樣就夠了～」

感覺到音音把手移開的我緩緩睜開眼，發現鏡子裡的自己的皮膚散發著跟原本截然不同的光澤。

「那，再來就是最後了。」

音音拿沾著粉的粉撲輕拍我的臉。

隨後，我臉上的光澤就變淡了一點，顯得自然許多。

「太神奇了吧？」

「對啊。」

音音細聲笑道。不過，這世上也當然不會有人不化妝就是這種膚質。這是利用技術，人工打造出來的膚質。

「接下來換眉毛。鹿乃，妳會自己修眉嗎？」

「頂多去剪頭髮的時候順便修一下而已。」

「唔～雖然自然的眉毛也不是不好，但是有好好修過，給人的感覺會完全不一樣喔。妳的眼神比較銳利，我覺得弄得柔和一點比較好。形狀的話……今天先不動形狀也沒關係。」

音音說完，又取出另一個盒子打開來。

盒子裡擺著一排顏色比較深的眉粉，明顯不同於我自己粉底用的粉。音音用眉筆沾粉，再輕輕塗起我的眉毛。

很快的，我就像親眼見證了魔法，發現自己的眼神不再顯得太過銳利。

「哇……」

「呵呵。」

音音看起來很開心。

「再來只要用眼影跟眼線讓眼睛看起來比較大，然後用陰影凸顯輪廓，就會更——」

「沒……沒關係啦！」

我連忙打斷音音。

「這樣就夠了。而且今天也不是特地來找妳幫我化妝的。」

「是嗎？真可惜～」

音音明顯很樂在其中。

我也覺得有點可惜，但要是忘記原本的目的，就沒有意義了。

其實，早在兩人立場逆轉的時候，我想盡情摸音音的臉，甚至找機會接吻的計畫就已經泡湯了。

不過，請別人幫自己化妝的感覺很舒服，倒也是今天的新發現。

今天應該可以收手了——

「呼……好熱喔～都流汗了。我們沖個澡，出去找涼快的地方吃午餐吧。」

不抱任何心機地跟音音一起出門，也是個好主意。

「那我先回家一趟——」

「嗯？妳在我家沖一下就好了啊。」

「咦？」

「反正也只有要淋浴而已，不用特地回去吧？妳以前不是在我家浴室洗過澡嗎？」

有。

我來音音家過夜的時候，有用過她家的浴室。

而那時候——

怦通、怦通——心臟以強到根本不像心跳的力道，從身體內側敲打著我的胸口。

我知道為什麼會這樣。

因為當時——我們是一起進去洗澡。

「可……可是，難得音音幫我化好的妝會——」

我為什麼會想要拒絕啊！面對難得的大好機會，我的嘴巴卻擅作主張選擇退縮，讓我很想往自己身上狠狠揍一拳。

「沖個澡而已不會把妝洗掉啦。反正也只是要把汗沖掉而已。」

音音不允許我拒絕。她有時候就是會這麼頑固。她只要固執起來，就不會再讓步。我只能選擇乖乖聽她的話。

「好吧……」

懦弱的我終究還是選擇放棄掙扎。

音音心滿意足地露出燦爛微笑，接著站起來朝我伸出手。

我握住她的手，一同站起身。

我假裝是出於無奈才答應音音的提議，但我很懷疑自己是否有成功掩飾意外降臨的好運帶來的欣喜。

☆

好久沒走進音音家的浴室了。

我小時候常常來音音家過夜，只是隨著年紀增長，來她家住的頻率也變低了。不過，現在還是會每隔幾個月就約好到她家過夜，所以我不覺得眼前的景象陌生。

但是，這幅景象今天卻顯得跟以往截然不同。

看起來就好像粉彩畫，很柔和，又很耀眼。

而音音正站在這幅畫的正中心，脫下身上的衣服。

她的一舉一動，都讓人目不轉睛。

音音脫下的連身裙順著雙腿滑落在地，接著，她把手伸到背後解開胸罩的釦環，讓她豐滿的胸部擺盪了幾下，彷彿很高興終於能夠脫離束縛。

看著她有一點肉感的腰部，會莫名感到安心。

依然背對著我的音音把手指伸進內褲的邊邊，脫下內褲。我好像有看到藏在臀部縫隙間的私處，大大刺激了我的心臟。

就算有一起洗澡過，我還是不曾仔細看過她的「那個地方」。

「咦？妳不脫衣服嗎？」

一絲不掛的音音回過頭來這麼說，我才急忙脫下衣服。

這裡比音音的房間涼快。

音音一邊說「妳怪怪的～」，一邊走進浴室。我把胸罩跟內褲隨便丟進籃子裡，趕著追上前方搖擺的臀部。

音音家的浴室比我家的大一點。

不過兩個人同時洗澡，還是會顯得很窄。會讓人有壓迫感。雖然比前陣子在試衣間裡還寬，但我們現在都是全裸的狀態，弄得我完全沒辦法冷靜。

我反倒很好奇音音為什麼有辦法完全不害臊。

（啊……是因為她沒有把我當成戀愛對象嗎？）

我察覺了這一點。

這也難怪。因為我在不久之前，也是完全不會在乎。

我本來就喜歡看音音的裸體，總是會忍不住多看幾眼。但畢竟她有的我自己也有，就不曾像現在這樣緊張到心跳加速。

一想到音音沒有一樣的反應，就覺得有點失落。只是，現在也是無可奈何。我一定要在今年夏天結束之前，讓音音對自己有意思。

我絕對要把她的心搶過來！

熱水隨著「唰——」的聲音流出。淋浴（Shower）的英文鐵定是從這個聲音來的。

音音拿著蓮蓬頭，回頭看向我。

我並沒有遮遮掩掩。因為音音完全不害臊，我卻忸忸怩怩的，會顯得很奇怪。

音音的視線好像具有實體的一股壓力。我渾身發燙，彷彿受到熾熱的光線灼燒。視線從脖子往下抵達胸部，再滑落到側腹，最終抵達胯下。

我忍著不把微張的雙腿闔上。雖然臉頰很燙，但臉上的妝一定替我掩藏了這個事實。

「嘿！」

音音把蓮蓬頭對著我，熱水在皮膚的表面上反彈，飛散開來。

「好了，快把汗沖一沖吧。」

「嗯。」

「妳沖好了就換我。」

我回答「好」之後，就用手掌抹起皮膚。脖子、胸口、手臂、腋下——洗到胸部的時候，我有特別注意不要碰到敏感的乳頭。只要不小心碰到一下，絕對就會明顯變得堅挺，還會被音音發現。

因為音音在看——因為音音正在看著我。

「鹿乃真的很瘦耶～」

音音把蓮蓬頭對著腹部，開口這麼說。

「我好羨慕妳腹部肌肉這麼結實。」

「有很值得羨慕嗎？結實到會分成好幾塊，反而不討喜吧？」

「咦～可是我很喜歡啊。」

心臟狠狠跳了一下。

就算知道是在說身上的肌肉，還是忍不住心生雀躍。

「妳肌肉這麼緊實，會讓本來就很大的胸部顯得更大——等等，是真的又變大了嗎？」

「嗯，有大一點。」

「居然還有辦法繼續長大，好厲害。」

「音音不是比我還要大嗎？」

「是沒錯，可是也已經不會再長大了。也幸好不會再長了。沒有現在就開始保養的話，以後還會下垂。我才不想變成那樣。」

「畢竟這些都是脂肪……」

音音經常會說她肩膀僵得要命。

我不曾覺得肩膀僵硬。是因為有在鍛鍊身體嗎？我現在也有在繼續做基礎練習，伸展筋骨，但沒有做其他特別的事情。

是說，我還真沒想到洗澡的時候被人盯著看，會這麼難為情。

是因為我對她有意思嗎？

細細的水流打在手上，有點癢癢的。接下來要洗的地方——手掌來到腰骨底下時，我轉身背對音音。

我不想被音音看見自己洗胯下的模樣——即使我會很想看音音洗胯下。

把手伸進胯下，就傳來滑溜的觸感。

濕了。

我連忙洗掉胯下流出的液體時——

「呀！」

忽然有水從底下噴上來，害我不小心叫出聲。一轉頭查看到底發生了什麼事，就看見音音把蓮蓬頭倒著拿，從我屁股的方向往胯下沖水。

音音大概是要讓我比較好洗，卻帶來反效果。這樣刺激胯下，只會讓我下面的反應愈來愈大。

「——好了，換妳！」

我急急忙忙洗好大腿內側，把蓮蓬頭搶過來。再繼續洗下去，我的心臟會先承受不住。

「那就麻煩妳幫我拿了～」

音音語氣輕鬆地開始清洗身體。

仔細從正面觀察，才重新體會到音音的裸體真的很美。手掌滑過細瘦的手臂往下抹，接著揉起她豐滿的雙峰。

音音乳暈的顏色跟嘴唇差不多淡，而且很小。乳頭也是。只有豆子般的大小，跟我的完全不一樣。

我不認為自己的乳頭比別人還要尖，但剛開始長胸部的時候還是有破皮，很痛。不過，音音似乎就沒有碰到這種情形。

她抬起一邊的手臂，讓沉甸甸的乳房底下的線條暴露在我的目光之下。音音仔細清洗她光滑的腋下，以及容易蓄積汗水的地方。

我非常清楚音音希望蓮蓬頭的水要沖在哪個部位。熱水打到雪白的肌膚上，化成許多彈跳的小水珠。

我覺得應該要說點什麼，卻也完全想不到該說什麼。

洗完另一邊的乳房以後，就用搓揉的方式清洗腹部。她的手指在大腿根部來回，劃過大腿，但沒有觸及胯下。

音音的陰毛就像小嬰兒的頭髮，非常稀薄。感覺輕輕一捏，就會不小心拔下來。要是把蓮蓬頭靠得更近沖水，她會有什麼樣的反應？

會嚇到跳起來，發出「呀！」的可愛叫聲嗎？

我很想嘗試看看，音音卻搶在我動手之前轉身背對我。

我失望地把水沖在音音滑嫩的背部。沒有任何痘痘的平坦肌膚看起來相當光滑，甚至讓人以為會像鏡子一樣反射出我的臉。

雖然很想親手幫她洗，但現在不是在約會演練。

突然動手也會顯得很不自然。而且如果真的是演練，又是在模擬什麼情境？兩個人赤裸地一起沖澡，已經是最後階段了。

要是輸給一時的慾望，不按部就班，搞不好會害我所有的計畫泡湯……啊啊，可是！

正當我陷入苦惱時，音音伸向自己背部的手開始洗起屁股，不斷搓揉。

她動作輕柔、緩慢地撫摸臀部輪廓，在上面畫圓。

（呃……咦？）

音音的手每畫一圈，就會輕輕扯到屁股的肉，使得縫隙裡的部位若隱若現。

我著急了起來。我感覺自己會克制不住慾望。

好想看。

不過，蓮蓬頭噴出的水卻讓我沒辦法看清楚。但也不能為了看個仔細，就把蓮蓬頭直接移開。

不然就假裝身體不舒服蹲下來？那樣高度也剛剛好。

不對，這樣就別想要等等一起去吃午餐了。

不要。我想跟她吃飯。

那就故意把蓮蓬頭掉到地上？

不對，不行。她一定會被聲音嚇到直接停手。

啊啊！好傷腦筋啊！

「呼。」

（啊，洗好了……）

音音洗完身體，在關掉熱水之後轉頭接過我手中的蓮蓬頭，放回原本的位置。

「這樣清爽多了。」

「呃……嗯。」

我不曉得自己有沒有因為覺得太過可惜，導致表情變得僵硬。沒問題，我相信臉上的妝一定會幫我掩飾掉。

我好想直接緊緊抱住音音。

不過，我想不到沒有約會演練可以當藉口的情況下，要怎麼跟音音解釋動機。而且，要是真的動手了，我也沒有自信能克制好自己。

「那，我們去吃午餐吧。」

音音若無其事地說道，我也點頭同意。

我發誓下次一定要抱到裸體的音音，跟著她離開浴室。同時，目光也黏在音音左右搖擺的臀部上。

11

（好幸福啊……）

隔天，星期一的午休時間。

我回想著跟音音一起淋浴的情景，魂不守舍地走在學校的走廊上時，身旁的音音就問：

「怎麼了嗎？看妳笑得好開心。」

她稍微皺起了可愛的眉間。

「咦？沒……沒怎麼樣啊。」

我連忙繃緊臉部神經。一個不注意，臉頰就可能鬆懈到流出口水。

好想再找機會跟音音一起化妝，還有淋浴。

這兩種情況或許可以用「一般女生常常會相約做這些事情」的名義向音音提議，不需要用約會演練當藉口。

我考慮下次改約在自己家。先前在音音家的時候弄得我很緊張，但如果是在自己家，說不定會比較能從容嘗試各種事情。

「啊。」

音音驚呼一聲，停下腳步。

我也停了下來，還差點往前撲倒在地上。

我一樣在心裡「啊」了一聲。

——學生會長正往這裡走來。

畢竟人在學校，總會有意外跟他擦肩而過的時候。而且現在是午休時間，福利社也在我們走的這條路前面。我們來這裡是要買午餐。就算會長一樣是來這裡買午餐，也沒什麼好奇怪的。

我很想盡早離開，音音卻是動也不動。

於是，我也只好等川久保劍走過來。

就近觀察的話，確實能感受到他具有強烈的存在感。

他身高很高。每走一步，就能看到他偏長的滑順頭髮隨著步伐擺動，感覺像是刻意使然。髮色比先前在他的教室前面看到的時候，還要更偏向褐色，但聽說他的髮色有經過認證，是真的天生就是這種顏色。

皮膚則是白到顯得有點不太健康。五官——也的確算很端正。

他現在沒有其他人陪在旁邊，手上拿著福利社的紙袋。遠遠看著他的，可能是粉絲俱樂部的那些人。

「會長好。」

音音毫不畏縮地對會長打招呼。

川久保放慢腳步，雙眼看著我們。

「午安。」

會長露出微笑。

我感覺他的牙齒發出了閃亮光芒。但這裡不是漫畫裡的世界，當然不是真的發光。而這個男人也的確有種讓人出現這種錯覺的氣場。

不過，我沒有漏看關鍵。

川久保的視線一路順著音音的身體線條，看遍了全身上下。他非常仔細地——打量著音音的嘴唇、豐滿的胸部、窈窕的腰部曲線，跟可愛的腳踝。

我拚死命忍住想戳瞎他雙眼的衝動。

這傢伙果然也是個下流的男人。

就算一臉聖人君子的模樣，還是會用眼神性騷擾別人。

他只憑性慾在觀察女性。

不知道是不是我的殺氣沒有徹底掩藏住，川久保用狐疑的表情瞥了我一眼之後，掛著笑容的嘴角就出現微微的抽搐，隨後便踩著稍快的步伐離去。

「……啊～嚇我一大跳。」

會長一離開，音音就大吐一口氣，彷彿剛才一直是停止呼吸的狀態。

「我還以為我的心臟要停了。」

音音呵呵笑道。

「是喔……」

我只說得出這句話。我想不到還能說什麼。

「看，會長很帥對吧？」

「有嗎……？」

「有啦！妳看……粉絲俱樂部的那些人因為我擅自跟會長講話，都用好恐怖的眼神在瞪我。真討厭～要是覺得羨慕，就不要只顧著躲在旁邊看，付諸行動就好了啊。」

看到音音開始往前走，我也跟著她繼續前進，但雙腳就像拖著重物一樣沉重。

「今天真是賺到了。」

她聽起來像句尾會加上愛心的雀躍語氣，反倒讓我的心情愈來愈沮喪。

但是，會長剛才的眼神——

我感覺在那一瞬間看見了會長的本性。

音音果然是被他騙了。我絕對要扒下那男人的面具，把他的本性攤在陽光底下，讓音音清醒過來。

我跟在腳步輕快的音音身後，內心重新下定了決心。

☆

「妳對會長有意思是嗎？」

放學後，我再次來到圖書室翻閱會報，想找出其他有用的資料。途中突然聽到有人對自己搭話，便抬起頭來。

一個女學生就站在我身旁，俯視著我。表情不太高興。

是粉絲俱樂部的會員嗎？或許是在哪裡聽說我在找會報錄，就特地來警告我。

透過室內鞋前端的顏色，可以看出她是三年級。

「妳要加入粉絲俱樂部嗎？」

我沒有義務回答。不過，我故意選擇回應她。

既然會因為聽到傳聞就來找我，就表示她說不定也會去找音音。假如她可能妨礙到我的計畫，就有必要全力處理這個麻煩。

「我有必要回答妳嗎？」

「當然沒有。妳如果只是想一飽眼福，倒是沒有關係。不過，妳打算更進一步接近會長的話，我奉勸妳還是死了這條心吧。」

「學姊，妨礙別人談戀愛的人不會有好下場喔。」

「我沒有要妨礙別人談戀愛。就算有人求我，我也不要。」

學姊的反應看起來不太單純。

因為她絲毫不打算掩飾浮現臉上的厭惡。

「雖然妳現在應該再怎麼努力也追不到會長，但我勸過妳了。我希望妳別忘記我的警告——我先走了。」

學姊講完想說的話，就直接轉身離開。

（她是什麼意思？）

感覺話中有話。

是被粉絲俱樂部那些人騷擾過嗎？

很有可能。

她說不定是在被她們騷擾過後跟會長告白，卻被甩了，但也死不了心，才會到處跟想接近會長的人說這種話。

「……有夠煩的。」

我嘆了一口氣，再次翻起會報錄。

「…………」

但是，我莫名無法集中精神。

浮現在學姊臉上的厭惡就像卡在喉嚨裡的魚骨頭一樣，在腦海裡揮之不去，很不舒服。

我停下翻頁的手，拿出手機，從書籤點開學生會長用來上傳照片的社群平台。

接著打開他的相簿，開始往下滑。

我在想，剛才的女生會不會也曾出現在照片上。

會長應該不會只跟粉絲俱樂部的人拍照。那樣會變成乍看平等對待每一個人，實際上卻是只有粉絲俱樂部的人擁有特別待遇。

如此講究表面關係的人，不可能會做出讓人感到不平等的事情。

（……找到了。）

一如我的預料，剛才的學姊有出現在某張照片上。

從背景來看，是在去年文化祭慶功宴拍的。

看起來不是學生會，大概是哪個社團或班級的慶功宴。照片上的學生會長看起來像是被人拖進鏡頭裡面。

高高興興跟會長合照的女生——不是剛才的學姊。

剛才的學姊待在明顯很開心的其他學生旁邊，臉上顯露些許苦笑。很像明明說沒有想要一起拍照，卻被硬拉著合照的感覺。

所以，她剛剛會來勸我死心，是因為這個看起來像她朋友的女生嗎？因為這個人曾經被粉絲俱樂部那些人騷擾過之類的？

不過，如果是出於這樣的理由，才會一聽說有人在找會報錄，就來出言警告，也還真是愛多管閒事——應該說，真是熱心助人。

我關掉瀏覽器，把手機放回書包。

（反正音音不會吃上這種苦頭，學姊用不著擔心啦。畢竟我會先把音音搶過來。）

我自己也覺得這是股沒來由的自信，卻完全不認為會面對以失敗收場的未來。

我相信自己跟音音一定會邁向光明的未來。

12

「要不要去唱ＫＴＶ？」

放學後，我在人已經變少的教室裡等待音音把課本收進書包，並這麼開口詢問她。

「ＫＴＶ嗎？好難得，我記得妳好像沒有很喜歡去唱歌吧？」

「嗯。」

與其說是沒有很喜歡，不如說是會覺得不自在。不用說同班同學，我甚至幾乎不曾跟家人一起去唱ＫＴＶ。

「今天跟音音去唱ＫＴＶ的不是我，是『男朋友』。」

音音的手，有一瞬間停下了動作。

「喔，原來如此。」

「嗯。聽說會長也喜歡唱ＫＴＶ。」

這當然也是我胡說的。

音音沒有看川久保在社群平台上的活動，想怎麼捏造都沒問題。ＫＴＶ的包廂很適合讓情侶發展更進一步的關係。
不只可以兩人獨處，還幾乎是完全的密室。
「好啊。啊，可是，這樣今天就是妳請客了吧？」
「唔——」
「我想去車站前面新開的那間店。聽說那裡的蜂蜜吐司很好吃。」
記得那個蜂蜜吐司要八百日圓左右。
不過，既然要用約會演練的名義去，那就要遵循約會的鐵則，由男方出錢。雖然社會上已經提倡男女平等好一段時間了，這個文化依然沒有銷聲匿跡。
「好……好吧……」
「好耶～」
音音扭著腰說道，看起來是打心底覺得很開心。覺得她這樣很可愛的我在檢查錢包裡剩下多少錢之後，發現必須中途去領錢。這還是難免讓人有些喪氣。
約會真的很花錢。

☆

看到擺在桌上的餐點，就覺得與其說是來唱歌，倒不如說是來吃甜點的。

我是真的很久沒有走進ＫＴＶ的包廂，等於對這裡一無所知。

點歌不是用遙控器，是用平板電腦。

點餐也一樣是用平板電腦，只有在櫃台跟送餐點來的時候會碰到店員。

我們被帶到可以輕鬆容納四到五個人的大包廂，而使用費沒有因此比其他包廂貴。

座位是ㄈ字形，大部分都位在從門外看不見的死角。房間裡也沒有監視器，是個不用花太多錢，就能跟約會對象獨處的好地方。

當然，店家會禁止客人把包廂當成賓館，但也不會阻止客人卿卿我我。

不過，現在的第一要件是送上來的甜點。

音音正滿心歡喜地享受著眼前的蜂蜜吐司，看來不等她吃完，也很難營造只屬於我們的甜蜜時光。

這份蜂蜜吐司用了一整顆高級生吐司，有經過微烤的麵包部分深切成九宮格，上頭還有滿滿的蜂蜜，跟一球像冰淇淋球的凝脂奶油，是熱量非常可觀的一道餐點。

我先用刀叉從吐司上切下一塊立方體，再放入口中品嚐。

由於蜂蜜吐司太甜了，飲料我是選無糖紅茶。音音是點檸檬汽水。

我很努力想要吃完它，但大概是吃得太慢了，才吃一半就覺得肚子已經很飽，只先吃完三分之二。

之後，音音連續高歌三首曲子，讓聽得徹底入迷的我差點忘記自己本來的目的。

我也在音音的強力說服下唱了兩首歌，但太難為情了，我沒有唱得很開心。

因為不能唱一整晚，再不開始展開行動，會來不及在時間截止之前達成目的。音音家的門禁比我家還要嚴格。

音音跳著舞唱完一首她喜歡的偶像歌曲，說：

「啊～好過癮喔。」

接著就坐到我身旁。她喝果汁潤潤喉嚨，開始搜尋下一首歌。她不曉得是不是了解到我真的覺得唱歌很不自在，在幾首歌之前就不再問我要唱什麼歌了。

（好，上吧！鹿乃！）

我激勵自己，隨後就假裝伸懶腰，裝作非常自然地把手勾到音音的肩膀上。

把手放上音音的肩膀之後，音音起先是露出疑惑的神情，不過——

「也對，今天是來約會演練的嘛。」

「對啊。妳忘了嗎？」

「玩得太開心，不小心就忘了。呵呵呵。」

光是音音願意說玩得開心，就夠讓我高興了。

「呃……情侶在密室裡面獨處……一定都會這樣吧？」

我把音音摟向自己，用額頭磨蹭她的臉頰，再聞聞她頭髮散發的迷人香氣。真是令人心跳加速。

「會長也會這樣嗎？」

「當……當然會！畢竟會長很愛唱KTV，等開始交往以後，一定會來KTV約會啊。道場那些人都說，不可能有男人在這種情況下還不會出手。」

「原來……如此。」

我挪動摟著音音的手，觸摸她的耳朵。音音的肢體突然變得有點僵硬。她把平板放到桌上，閉上雙眼。

這代表她願意接受肢體接觸。

一想到音音也會像這樣答應讓會長摸她，就感覺有一把名為嫉妒的火焰開始熊熊燃燒，把包容心燃燒殆盡。

我用手指享受著從耳朵劃往臉頰的柔嫩觸感，同時把臉埋進音音的頭髮裡。

這種滑順的觸感摸起來好棒。

每次用鼻子蹭蹭耳朵時，音音的身體都會輕輕抖一下，不曉得是不是覺得很舒服。

我第一次聞別人耳朵的味道。

很奇妙的味道。
我曾聽說耳朵後面會有很重的體味。所以會建議常常清洗，或是噴香水也很有用。
我覺得那是真的。一直聞，就感覺頭暈了起來。
「嗯！」
音音意外發出的嬌媚聲音，讓我開始按捺不住。
我把臉往上抬，嘴唇貼近音音的耳朵。
然後含住耳朵。
隨後就感覺到音音一陣顫抖。軟骨的觸感很神奇，有點硬，又很有彈性。
我含著耳朵，用舌頭舔了舔，讓懷裡的音音也扭動起身體。
舔起來——沒有什麼味道。
我鬆開嘴唇，用整個舌頭舔起她的耳朵。每舔一次就會引發音音的身體做出反應，滿有趣的。
我用舌尖鑽進音音的耳道——
「唔嗯！」
她就發出很可愛的聲音。我以為自己對從小就一直形影不離的音音無所不知，但這還是我第一次聽到她這樣的聲音。

好想再多聽幾次。

我不斷把舌尖戳進耳道。同時注意不讓口水流進去。我曾聽說耳朵進水會造成中耳炎。我還留有足夠意識到這一點的理性。

「嗯！唔嗯！」

音音的呼吸聲變得很亂。

她的聲音把僅存的理性融化殆盡。

雖然舔耳朵也不錯，但我今天想做一件事情。自從前陣子在拍貼機的初吻過後，我就一直很想做這件事。

我夢到了好幾次，也有自己想像。

我把嘴巴移開耳朵，一邊轉移陣地，一邊順路留下幾次輕輕點過的吻。

音音的臉頰像麻糬一樣軟。

她閉上的眼皮不斷顫抖。

形狀端正的鼻子。

我用嘴唇體會過一番以後，才終於來到真正的目的地，也就是音音的嘴唇——我把自己的嘴唇貼了上去。

嘴唇帶有濕氣的柔嫩觸感跟其他地方截然不同，刺激著我的心底。

有股熾熱的感情溢流而出。

這只是單純把嘴唇貼上去的一吻。不過，我馬上就忍不住動起自己輕輕吻著音音的雙唇。

包厢內好幾次響起接吻的濕潤聲響。

音音抬起下巴，而我則是壓在她身上，繼續吻著她。

我想要更仔細品嚐音音的雙唇，便伸出舌頭去舔。

音音的嘴唇很甜。雖然很可能是她剛才吃的蜂蜜吐司的蜂蜜，但也可能是她的嘴唇本身就帶有甜味。

我像一隻狗一樣，不斷來回舔著音音的嘴唇。我不知道為什麼這樣的行為會刺激出強烈的快感。

意識變得恍惚。

我想要加深跟她之間的聯繫，就用舌頭鑽過音音雙唇間的細縫，進入她的口中。

就算被緊閉的牙齒阻擋，我依舊不死心地不斷從裡面舔著音音的嘴唇。

不久，音音稍微鬆開了牙齒的防備，縫隙間流出她吐出的溫熱氣息。

我也抓準機會，用舌頭侵入內部。

舌尖碰到一種從來沒體驗過的軟嫩觸感。彷彿嘴巴裡突然出現其他的生物。

不過，我不討厭這種感覺。

我試圖用舌頭勾住一樣在竄動的那個東西。那是音音的舌頭。我感覺到音音也在渴求交纏，開心到腦袋一陣暈眩。

因為我的嘴巴一直是張開的，再怎麼小心，也無法避免不斷產生的唾液順著舌頭流進音音口中。音音在流進去的唾液填滿整個口腔前先吞了下去，而我也從她喉嚨的動作得知了這個事實。

我差點高興得叫出聲。

我不懂為什麼知道音音吞下自己流進去的唾液，會這麼讓我大受感動。是因為這代表自己身體的一部分，流進了音音的體內嗎？

心臟好難受。

心臟跳得太過急促，會擔心是不是可能爆裂開來。

被勾著的濕潤舌頭，開始往我的方向伸過來。我立刻用雙唇夾住音音的舌頭，以幾乎要把舌頭拔掉的衝動用力吸吮。

我的腦海裡已經不再思考接下來要怎麼做。身體開始自作主張地動起來。

音音的身體不斷抖動。

我大口把她的舌頭含進嘴裡，在自己口中搔弄。牙齒輕輕咬住音音的舌頭，不讓她抽離，再用舌尖反覆舔過舌頭的表面跟底部。

明明有開冷氣，制服底下卻開始冒出汗水。

我一手壓著音音的肩膀，另一手放上音音的側腹。

音音的身體抖了一下。

我隔著音音的白襯衫，感受她的體溫。

手裡傳來的體溫很燙。

我順著身體線條往上撫摸。而由側腹往上，當然會來到音音的胸部。

（上啊，鹿乃！）

短暫猶疑後，我便用手托起音音的乳房。

就算隔著衣服，也能感受到沉甸甸的重量。

（雖然本來就知道很大，可是真的好大……）

大到我沒有辦法一手掌握。我的胸部也算大，但是音音的胸部摸起來跟我自己的完全不一樣。

這並不是我第一次碰音音的胸部。我以前有在嬉鬧的時候輕輕碰過，也有抓過幾次。不過，現在摸起來的感覺完全不一樣。

只是輕碰的話，無法感受到這種柔軟的觸感。

明明自己身上也有，觸感卻是截然不同。我的摸起來會像是裡面有核，整體上算是有點硬硬的。

而音音的胸部是又軟又嫩。軟到讓人懷疑要是沒有胸罩撐著，就會化成流動的液體。

但是，我已經親眼見證即使一絲不掛，也不會有半點下垂的感覺了。

我沒有停下跟音音之間的吻，同時盡可能輕輕用手包覆住音音的胸部，小力搓揉。

我很高興手指每一次加強力道，音音的身體都會被刺激得抖了幾下。交融的唾液不時迸發出的水聲，聽在耳裡相當煽情。

我開始感到呼吸困難，便放開了音音的舌頭。

「呼！」

音音吐了口氣，像是終於得到解脫。但我的雙唇依然緊貼著音音的肌膚，一路往下吻到音音的頸部。

「鹿……鹿乃……情侶真的……會在KT……V，做這種事情……嗎……？」

「當……當然會……」

我親吻著音音白皙的脖子，如此回答。

「男生一有機會跟女生獨處，就會想要有肢體接觸，或是接吻之類的……妳如果不喜歡，也可以直接抵抗。」

「……」

音音沒有回答。這代表她是只要有人想跟自己有肢體接觸，就不會拒絕的人。

太危險了。

幸好有先演練。

如果在我面前就這麼來者不拒，那說不定幾乎等於是慾望化身的「那種男人」對她做盡所有喪盡天良的事情，她也不會反抗。

音音果然還是應該當我的女朋友！

話說回來——

（好香的味道……）

香味中帶有一絲絲的汗味。不過，我不討厭這種味道。不如說，這種有點色情的味道反倒讓我很興奮。意識也跟著恍惚起來。

用舌頭一舔，音音就高高抬起了下巴。

我嘴唇貼著她的脖子，跟著往上移動，吸掉唾液在下巴蓄積而成的露珠。接著，再輕輕咬住毫無防備的喉嚨。

這當然是我第一次用嘴唇跟舌頭感覺別人喉嚨的動作。很有趣的是，每一次揉音音的胸部，她的身體就會微微扭動。

明明全是人生第一次的體驗，我的身體卻像是早就知道該怎麼做一樣，擅自動了起來。

「嗯！嗯嗯！」

別人悶在嘴裡的聲音化成震動，撼動我的口腔，當然也是過去不曾體驗的感覺。

我想刺激她多叫幾聲，就把揉著胸部的食指像蛇立起來的時候那樣，彎成鐮刀的形狀。

然後往音音胸部的頂端——戳下去。

「啊！」

音音發出比先前都還要大的叫聲。

我好高興。

我集中搓弄指尖摸到的那一顆特別堅挺的地方。

用壓的、彈的，或是不斷轉圈。

手指每動一次，音音的喉嚨都會發出不太一樣的聲音，就好像是在唱歌。

一想到是自己讓她像這樣唱歌，就會很想再聽她多唱一下。很想再多下點巧思，製造一些變化。

用整個手掌壓著胸部轉圈，就傳出了不同的聲音。

在這個狀態下用手指去彈已經變硬的乳頭，又出現了新的音色。

已經在舔被我含住的脖子，還聽到音音這麼煽情的歌聲，讓我也聽到自己發出「呼、呼、呼、呼！」的急促呼吸聲，就像狗在吐氣。

——唉，真希望我還有第三隻手。

我這麼心想。

因為如果有第三隻手，我就可以盡情逗弄自己的下面。

內褲裡面大概已經濕透了。

早知道就該先貼好衛生棉再來。底下一定已經濕得亂七八糟的了。我沒料到今天居然會興奮成這樣。

（……不知道音音有沒有這樣？）

我忽然冒出這個想法。不小心冒出了這個想法。

一旦冒出這種想法，就會止不住想要確認看看的衝動。

老實說，我今天本來沒有打算做到那個地步。我本來只想先輕輕一吻，再接著抱住她，摸完她的胸部就收手。

頂多就是情侶之間小小調情的肢體接觸。

不過，思緒已經被燒到融化了。

融成了一團泥巴。

既然音音沒有抵抗，那我想再多挑戰一下，再往更深處探險看看。

我依依不捨地放開抓著音音胸部的手。
但就算放開了，也依然摸著她的身體。
然後，就這樣把手往下移。
往下摸過裙子，直接碰觸音音的皮膚，碰觸到她的大腿。音音微微縮起脖子。被碰到會癢的地方，就是敏感帶。我用手指搔弄大腿的背面，順手伸進裙子裡。
「等一下！」
一直到現在，音音的語氣才終於有點抗拒。
我停下自己的手。
「……怎麼了嗎？」
我故作鎮靜，但其實心跳已經快到心臟要爆開來了。
「在這裡做到這樣不好吧……」
「反……反正有裙子遮著，看不到啊……我不會脫妳的裙子跟內褲……！我只是要隔著內褲摸一下而已……！」
「可是──」
「……妳不想的話，我就停手。」
我用覺得有點可惜的語氣說道。這不是演技，是真心話。但男生遇到這種情況，應該也會是這種心情。

「……………」

我聽見一道小小的吐氣聲跟裙子布料的摩擦聲響，隨後，音音就微微張開了雙腿。

她的意思是我可以繼續嗎？

我再次動起試圖伸進裙底的手。

我沒有特地問她「真的可以嗎？」。萬一問下去害她改變心意，我絕對會詛咒我自己！

每前進一公分，手裡傳來的溫度就逐漸升高。

指尖碰到一塊觸感滑順的布料。是音音的內褲邊緣。

我沒有直搗核心。

我繼續往上，摸到她的側腹。沒有隔著襯衫，而是直接碰到皮膚，摸起來有些汗水，黏答答的。

好軟。跟我的摸起來完全不一樣。我的腹部有很硬的六塊肌，摸起來沒什麼意思。雖然我也不知道有沒有人會覺得摸自己的肚子很好玩。

享受了一下音音柔嫩的皮膚觸感以後，我才把手伸往下面。期間，我也沒有停止舔咬音音的脖子，跟聞她的味道。

接著，我終於碰到了目的地。

小指跟無名指的指尖，隔著內褲碰到了那個地方。

（是濕的……！）

一股莫名的感動竄過全身。

我清楚摸到音音內褲的胯下部分非常濕，指腹也有摸到帶有黏性的液體。

她的下面很燙。

我把手移到中指剛好可以碰到那裡的位置。然後用手指輕輕按壓。

「嗯！」

音音抖動喉嚨，發出稍大的叫聲。

我接著嘗試輕輕畫圓。每畫一次圓，音音的身體就會彈一下，而且不斷顫抖。我很感動她每一次都會對我的愛撫有反應，忍不住繼續摸下去。

可以清楚聽見一陣攪動黏液的聲音。

我抬頭看往音音的側臉，就看到她像是在忍耐什麼一樣皺著眉頭，也輕輕咬著嘴唇，但我手指一動，她也會跟著鬆口。

看起來好像覺得很舒服。

（我也想要……）

我很想摸自己的下面，忍不住一直摩擦雙腿內側。我感覺到內褲已經攔不住從體內流出的黏液，流到了腿上。

既然沒辦法自己摸。

那就只剩下一個方法。

「音……音音……」

我用顫抖的聲音細語。

「妳也幫我摸——摸一下吧……？」

我勉強想起來要符合約會演練的名義，改變語調。要是破壞掉這個大前提，整個計畫都會泡湯。

「……嗯。」

音音說完，就馬上把手伸向我。

她的手是伸向我的胯下，而不是胸部。

不過——

音音這麼做並沒有錯。

現在最想被摸的地方的確就是那裡沒有錯。

不過，我卻感覺像是被人狠狠敲了自己的頭。總覺得這就證明音音只把現在做的事情當作跟男人約會的事前演練，而不是當成跟名為水澤鹿乃的女生之間的行為。

好想哭。

等她碰到我，我一定會忍不住哭出來。

——叮咚。

這時，桌上被埋沒在食物堆裡的平板電腦發出了鈴聲，提醒我們包廂的時間快到了。

上面顯示出詢問是否要延長的訊息。

「…………」

我們沒來由地同時察覺今天就到此為止了。

我跟音音拉開彼此之間的距離，在短暫四目相對之後，自然而然浮現有點尷尬的微笑。

「抱歉，我離開一下。」

我站起身，前往廁所。胯下濕答答的內褲突然變得很涼，很不舒服。我衝進廁所的小房間脫下內褲，就發現已經被液體沾得亂糟糟的了。

我用衛生紙擦掉流到大腿內側的黏液，再丟進馬桶沖掉。

心情也一樣亂糟糟的。

能讓音音覺得舒服當然很棒、很開心，也讓我很興奮。

可是，一想到明明動手的是自己，在她眼裡的卻是那個學生會長——是一個男的，就覺得很無奈。

（不行，不可以這樣就放棄。）

我咬起嘴唇。

（現在還不是定生死的時候。等音音真的開始跟會長交往，才能確定我有沒有成功。我的計畫不就是以她會跟學生會長交往為前提在執行的嗎？音音跟會長一定至少會接吻。說不定還會允許會長做到跟今天差不多的地步。這不只是我的想像，是真的有可能會實現。我怎能遇到這點小狀況就挫折。）

其實我甚至不想想像那種未來。一想到音音會跟其他人做這種事——就快瘋了。

一道濕潤的聲響傳進耳裡。

是我用力捏緊手上的內褲，導致體液流出來的聲音。

「啊啊……」

不舒服的感覺讓我連忙放鬆力道，沮喪地用衛生紙擦拭自己的手，再一樣丟進馬桶沖掉。

畢竟不能把內褲一起沖掉，我只好帶著回包廂，一回來就發現音音正在用平板跟店家表示不延長包廂時間。

看到她的內褲擺在桌上，讓我的心臟不禁跳了好大一下。

（所以，她現在底下沒穿嗎……？）

重點不是這個吧！

我猛力吐嘈自己的想法，在腦海裡痛毆自己一頓。

音音一發現我的視線，就急忙把桌上的內褲放進在便利商店買的塑膠袋裡。我這才想起她在來ＫＴＶ之前有去便利商店買東西，還順便要了袋子。

她把袋子收進包包裡。

「呃……妳也要用嗎？」

音音把摺起來的塑膠袋遞給我。

「咦？為什麼……？」

「我平常都會自己帶塑膠袋出門，但是剛才袋子跑到包包很裡面的地方，沒辦法馬上拿出來，才會再買過……妳要嗎？」

「嗯。」

太好了。直接放進包包會很難清理，正好在煩惱該怎麼辦。我本來也有冒出直接丟在馬桶旁邊的想法，但那樣會給店家造成困擾，就算了。

我把濕掉的內褲放進塑膠袋裡，把開口束起來，再丟進包包。

這段期間，音音也幫忙把離開包廂的手續處理好了。

我們沒有超時，不需要多加錢，所以可以直接離開。要是現在需要跟店員面對面講話，實在很難不覺得尷尬。

沙發應該沒有被我們弄髒，也沒有留下味道，但我想在店員來打掃包廂的時候，離這裡愈遠愈好。

音音站起來把包包拿在手上之後，才終於對我露出看起來有點害臊的微笑。

「……這樣底下好涼喔。」

我花了一點時間，才知道她說的是沒有穿內褲的意思。

兩個人都沒穿內褲的事實激發了平常裙子底下不會不穿的悖德感，讓我已經快要冷卻下來的身體又逐漸開始發燙。

不只發現到這一點，還按捺不住自己的衝動的話，就完了。

我會很想直接掀開她的裙子。

「我……我們走吧！」

我連忙牽起音音的手，離開包廂。我加快腳步，刻意藉著摩擦大腿內側抹掉流下來的溫熱液體。

雖然太陽早就已經下山了，但外面還是非常炎熱——熱到讓人快要無法呼吸。

我確認過所有社群平台，也有找機會去觀察他本人，但怎麼樣都抓不到川久保劍的狐狸尾巴。

他的言行只能用好榜樣來形容。

對所有女生一視同仁。就算周遭的男生在打鬧，他也總是處在跟大家保持一點距離的立場，帶著溫和的微笑看待大家。

他絕對不做傻事。不會生氣。就算老師叫他幫忙，也不顯露一絲厭惡。

完美得太詭異了。

我對男生的認知，就是種一旦聚在一起，就會幹下無法收拾的大蠢事的群體。

明明跟女生獨處的時候都不敢直視對方的眼睛，好幾個男生聚集起來卻會開始炫耀一些不堪入耳的事情，還偷偷觀察女生的反應。

我其實也不是討厭男生。

我會覺得他們那樣很蠢，但也同時可以清楚看見這些人的真面目。可以看出人的本性。

不過，川久保沒有這種跡象。

看不見他有這種本性。

但是，我並沒有忘記會長當初在走廊上那一瞬間的表情。

畢竟每一個男人都是那副德性。

（音音到底覺得那種人哪裡好啊？）

如果只是當成學校裡的偶像崇拜倒還好，但想要跟他交往就另當別論了。喜歡偶像跟想和對方交往是兩件事。

（——我自己是這麼想啦。）

我的戀愛經驗沒有豐富到能對人說嘴，應該說，我的初戀大概就是對音音的這份感情，所以其實無法講得太肯定，但我依然這麼認為。

我也曾經很熱衷女性偶像，也曾經瘋狂追星，卻絕對不是戀愛。

就算每天腦子裡都想著那個偶像，還收集周邊，而且不知不覺就盯著貼在房間裡的海報看，也絕對不是。

我現在知道自己對音音懷抱的是什麼樣的感情，所以敢說跟追偶像的心情不一樣。

因為這樣，我可以理解粉絲俱樂部那些人的心情。跟川久保劍維持一段距離，會覺得他是個完美無缺的人。看不見本性反倒是好事。

然而更因為這樣，我才不懂音音為什麼會喜歡學生會長。音音不是會對偶像懷抱戀愛情感的女人。因為我認識她很久了，可以肯定她絕對不是那種人。

那麼，應該就存在某種讓她喜歡會長的因素。某種讓音音墜入情網的關鍵——感覺不先找出這個問題的答案，就沒辦法把音音徹底搶過來。

單憑肉體關係，還是不夠。

我認為不只要得到她的身體，也要得到她的心——要摧毀她對學生會長的感情，讓她對我的好感高過會長，才有辦法讓她愛上我。

所以，我弄來了一把現在已經沒有在用的教室的鑰匙。校內班級數量在少子化下跟著變少，多的教室就被當作倉庫使用。我偷偷從教師辦公室帶出來複製了一把，再放回去。放在這裡的大多是文化祭才會用到的東西，完全不需要擔心放暑假前的這個時期突然有人過來。

要說我為什麼要偷偷闖進來，是因為這裡可以清楚看到對面的校舍。對面一間位在比這裡低一層樓的小教室就是學生會室，所以這間教室很方便偷偷觀察。

川久保在放學後，每星期有一半左右的時間，會跟其他學生會成員待在那裡。

雖然這間教室的樓下也是空教室，但正對面很可能引起會長注意。畢竟不能保證他不會碰巧看到我，還是樓上這間教室比較好。

我拿一張椅子放在窗邊，用單筒望遠鏡從窗簾的縫隙偷窺學生會室。

現在還沒有人進去學生會室。

學生會室的窗簾沒有關上，可以清楚看到室內景象。似乎是因為學生會室是朝著不會有太陽照進室內的北邊，窗簾平常就一直是拉開的狀態。

（……來了。）

有一個男學生進去學生會室，放下書包。不是學生會長。他戴著眼鏡，身材微胖，說不定是副會長。我隱約記得有在全校集會的時候看過他。

隨後，又有另一個人走進去。

是一個高高瘦瘦，讓人聯想到枯木的男生。明明長得再怎麼高，也不可能頂到天花板，但他還是駝著背。

還有一個矮小的男生跟在高大的男生後面進去學生會室。他也不是會長。記得好像其中一個是書記，另一個是會計。

總之，這些人應該就是所有學生會幹部了。會長親自挑選的幹部都是男生，還沒到場的就只剩下會長本人。

我拿著單筒望遠鏡繼續觀察，等待會長出現。

由於這裡是倉庫，當然不會有冷氣，所以就算靜靜待著不動，也還是會熱得滿身大汗。流出的汗水把襯衫跟皮膚吸附在一起。

在最後一個學生會幹部進去學生會室十五分鐘過後，川久保劍才終於現身。

他一走進去，其他幹部就全體起立，朝他深深敬禮。

可以從他們這番有點熱血陽剛的互動中，看出他們之間的階級關係。

會長確實是權力最大的職位，但不只是這樣。他們的態度看起來就是徹底服從會長，違逆不得。

（明明也不過就是學生會啊？）

學生會長以外的幹部都是由會長親自指名，可是有必要因為這樣，就對他這麼畢恭畢敬的嗎？

雖然當幹部可以在升學的時候加分，但感覺也不到欠會長人情的地步。而且一旦被指名當幹部，就可以一直當到下一次會長選舉為止。除非闖了什麼大禍，才會被解職，實在沒有必要討好他吧。

會長一就坐，副會長就主動遞上飲料給他。學生會室小歸小，還是有冰箱的樣子。

其他人也坐下之後，他們就開開心心地聊起天來。

當然，我聽不到他們在講什麼。

川久保每講一段話，其他三個人就會跟著笑。不論講了什麼，都一定會笑。感覺有拍馬屁的成分在。

會長看起來也很樂在其中。

在單筒望遠鏡的鏡片下得以放大到看清楚五官的他，露出了我在教室、走廊，還有社群平台上的照片都不曾看過的表情。

看起來很傲慢，覺得自己高人一等。

感覺就像很瞧不起在拍馬屁的其他幹部，卻也很享受他們討好自己的模樣。

這就是他現在的表情。

以前也曾有這種人來我們的道場。是想來試試自己實力到什麼地步的人。

有在正經一點的道場鍛練過的人絕對不會做這種事情，但偶爾還是會有比較血氣方剛，或是單純在社團活動有好成績，就想來踢館的人。

這種人用不著實際對打，就能知道有多少能耐。

只要平常很溫和的師父眼神稍微釋放一點鬥氣，他們就會被瞪得連忙低頭道歉，落荒而逃。

記得師父笑著說這種人就是自以為很厲害的孩子王。

現在的學生會長就給人這種感覺。

雖然男生女生都是沒有異性在場就會比較放得開，不過，會長的模樣與其說是比較放鬆，不如說是露出了本性。

我本來打算把他的表情拍下來，但就算把手機的鏡頭放大到極限，應該也沒辦法在這樣的距離下把臉拍清楚。

音音知道學生會長會露出這種表情嗎？

她一定不知道。

而且學生會長非常小心地掩藏自己的本性，沒有像我這樣試圖調查他的真面目，應該也沒機會看到。

我繼續利用窗簾間的縫隙觀察他。

川久保有點自豪地把手機畫面拿給幹部們看。

我看不到他的手機畫面，不過，幹部們的反應倒是很大。他們挪動全身逼近畫面，看得異常入迷。

會長一帶著奸笑收起手機，幹部們就沮喪得像是才剛拿到的獎賞又被收回去。

會長看起來也很享受他們的反應。

（……那傢伙其實個性超惡劣的吧？）

他明顯跟平常不一樣的態度，讓我忍不住皺起眉頭。

不過，我也不能把這件事告訴音音。說她喜歡的人壞話，害她開始賭氣就麻煩了。再說，我根本無法斷定自己沒有看錯。

我不認為自己有正直到可以用極為客觀的眼光看待情敵。

搞不好是我懷著偏見，才會覺得會長的表情下流噁心。尤其也真的很多女生喜歡川久保。

（……雖然我不知道她們看到這傢伙跟男生混在一起才會露出的表情，還會不會這麼想就是了。）

我放下單筒望遠鏡。

從窗簾隙縫看過去的學生會室離這裡有一段距離，不用望遠鏡，就完全沒辦法看見川久保他們的表情。

不知道是我看錯的影響，還是出於我的第六感，有某種聲音告訴我最好再多觀察一下。

他說不定會犯下什麼能讓我瞬間占上風的大錯。

那些傢伙知道只有男人在場，就會開始幹蠢事。我在道場看過太多這種男人了。他們會炫耀女友，炫耀自己很會打架、賭博、喝酒——真是無聊透頂。

有時候還會聽到有人把感覺已經是犯罪的事情說溜嘴。雖然那種下流的男人基本上過沒多久，就再也不會出現在道場裡。

我沒有去打小報告。

是因為跟道德規範背道而馳的人，最後都會被師父看穿本性，踢出道場。

即使如此，那些男人還是不會放棄幹蠢事。他們一直到我離開道場之前，都還是那副德性。但很神奇的是，跟他們一對一講話的時候，都不會顯露那種本性。甚至表現出來的性格非常善良正直。

不過，本來就是每個人都有不想暴露出來的一面。就像我也在對音音說謊。我想藉由說謊，把她的心從會長身上搶過來。

（看來我也是半斤八兩。）

就音音的角度來看，我大概也很礙事吧。說不定我的表情在她眼裡，也會顯得很下流。

但我不打算就這樣退縮，也不打算把音音讓給會長。

（……好想知道他們在說什麼。）

男生之間的對話大多會讓女生覺得幻滅，搞不好可以當成殺手鐧。

我決定來想想有沒有什麼辦法可以偷聽對話，也先結束了今天的觀察。頸部滑落的汗水弄濕我的襯衫，還緊貼著皮膚的感覺很不舒服。

我好想趕快回家淋個浴，再大口猛灌碳酸水嗆一下自己。

14

「……妳什麼時候要告白？」

期末考結束的那一天，我在速食店喝著檸檬汽水，提出這個問題。

其實我一點都不想提這件事，但不先問出確切時間，就沒辦法準備我的最終計畫。會花很多時間處理網購。

「咦？」

音音一副「妳在說什麼？」的反應，害我也差點下意識「咦？」回去。她馬上就在我開口之前說了聲「喔喔」，似乎是想起來了，但感覺好像沒有很積極。

情況——是不是有好轉的跡象？

我內心激動萬分。

是不是我一直以來的努力，成功削弱音音對會長的好感了？

「嗯……」

音音圓滾滾的大眼往天花板的方向游移，微微歪起頭，說：

「學生會的人好像會在結業典禮之後，留下來整理每間社團活動室的使用申請。所以我想等他處理文件的時候，再過去向他告白。」

我的希望瞬間煙消雲散。

既然音音有想好這麼縝密的計畫，就表示音音依然喜歡會長。

也就是說，我橫刀奪愛的力道還不夠狠。

不過，我也剩沒多少時間了。要讓音音的心靈跟身體更了解我的好才行。

「我們下次放假去游泳池吧。」

「游泳池？為什麼？」

「夏天不是一定會去海邊嗎？妳也想跟會長一起去吧？而且他也有計畫好要去海邊。」

「唔……這不好說耶。」

「妳一定會去啦。就算妳自己沒有很想去，可是如果是會長邀妳，妳也不會拒絕吧？」

「這……倒是。」

「到時候不穿件好看的泳衣，會讓他很失望喔。妳要買一件很吸睛的泳衣才行。」

「我有連身裙泳衣，不能穿那樣嗎？」

「當然不行啊。至少也要穿兩件式的——不對，妳一定要穿比基尼。」

「咦～？可是我沒穿過比基尼耶。」

「那就更應該穿穿看啊！不在第一次跟男朋友去海邊時主動出擊，要等到什麼時候？」

「是喔……」

「是啦！」

「……那，妳也可以一起穿比基尼嗎？」

音音由下往上看著我的懇求眼神，讓我一時不知道怎麼回答。

我也沒穿過比基尼。我知道胸部大，穿起來會太醒目。我可不想被人色瞇瞇地盯著看。

不過，音音應該也是一樣的想法。我內心有個聲音告訴我，明明要音音穿，自己卻不穿，其實很不公平。

當然，我沒有要跟人約會，根本沒必要穿比基尼。雖然沒必要，但如果我穿就能讓音音答應穿比基尼，我就應該下定決心一起穿。

「……好。」

我答應音音的要求。武術家本來就是一言既出，駟馬難追。

「我也穿比基尼。」

☆

在大到像會出現在主題樂園裡的游泳池距離最近的車站旁邊，有一間專賣流行服飾的百貨公司，那裡正在舉辦夏季特賣，所以我們決定先在那裡買好泳衣，再去游泳池。

從離我家最近的車站搭電車過去要三十分鐘。因為是星期六，穿西裝的人很少，但相對的有很多父母帶著小孩來搭車。

帶著游泳圈的小孩子，應該也跟我們一樣是要去游泳池。如果是要去海邊，不可能這麼早就幫游泳圈灌好氣。

很可惜沒有空位，於是我跟音音就站在車門旁邊聊著期末考，還有一些日常瑣事。

我路上沒有提到學生會長。

畢竟我不想聽音音聊到男人，而且這次出門就某種意義上也算是約會，我不想害自己心情變差。

現在還是七月初，但今天的最高溫好像會超過三十三度。

音音今天穿著白色的無袖襯衫連身裙，腰部鬆鬆地繫著一條非常細的腰帶。應該是繫太緊，胸部會被過度強調吧。由於前面的釦子開到第三顆，她這身穿著可以不時看到她的鎖骨，很棒。

我則是穿著無袖的象牙色上衣跟卡其色的五分喇叭褲，比較方便活動。

我有做好臉部跟手臂之類會曬到太陽的地方的防曬，不過我還是很期待等一下要跟音音互相幫對方抹防曬乳。

不只可以用正當理由盡情摸音音的身體，還可以——讓她有機會摸到我。光想到這一點，身體就開始發燙。昨天晚上自慰的時候，我忍不住想像摸自己的是她的手。

電車一到站，就有一半以上的乘客下車。看來今天游泳池果然會很多人。

一通過剪票口，就看到直達接駁車已經有很多人在排隊，而我們直接從旁走過，前往百貨公司。今天陽光很強，感覺頭頂正在受到太陽灼燒。

相對的，店裡的冷氣就開得很強，簡直身處天堂。搭電扶梯到特賣會場，就馬上有塊色彩繽紛的巨大廣告出現在我們眼前。

「哇！」

音音出聲讚嘆。

我懂她的心情。

我很久沒來泳衣賣場了，這裡真的充滿各種色彩。遍布賣場裡的假人模特兒跟半身模特兒，都穿著各種顏色的泳衣。

今年好像流行附有長披裙的兩件式泳衣。雖然這種的也很可愛，但我們今天的目標是比基尼。

四處張望，就看到會場一角設有比基尼專區。不曉得是不是最近不流行了，占的區域不是很大。

比基尼專區的泳衣也幾乎都是搭披裙，裙子五顏六色或清涼的花樣，會徹底遮好穿的人的私處。

這樣就沒問題了——不如說，還反而更好。這下就算偷偷把手摸進裙底，也有披裙掩人耳目。

「哇！好小塊。」

也難怪音音會對拿在手上的泳衣感到驚訝。那布料看起來就是穿上去之後，胸部一定有三分之一左右會遮不住。似乎不是尺寸不合，是本來就是這種設計。大概也有些人是喜歡這種大膽的造型吧。

音音穿這種泳衣一定很讓人血脈賁張，可是一想到自己也要穿一樣的，就會遲疑了。而且——我不希望有其他男人盯著我們看。

只有我們兩個獨處的話是沒問題，可是游泳池跟海邊不可能整個場地只有我們兩個，在洗澡的時候穿，又不如直接裸體。

我們從分成好幾種尺寸的泳衣中，挑出一件符合自己尺寸的。我挑了藍白線條的花樣，音音是朱槿的圖案。

「……音音，要不要一起試穿看看？」

我小聲這麼說。

試衣間的大小足夠容納兩個人，而音音聽到我這麼問，先是稍做思考——

「嗯。」

然後答應了我的提議。

她搞不好有想起之前在快時尚店挑衣服時的事情，但我不打算在這裡做到那麼過火。

我們避開店員的視線，走進試衣間。我把鞋子反過來放在裡面，再放下包包，把挑來的泳衣掛在掛鉤上。

脫到身上只剩下內衣褲，就感覺冷氣有點太冷了。雖然以試穿泳衣的人為標準調整冷氣溫度會讓其他人很熱，我還是覺得至少這個會場的冷氣溫度應該調高一點。

一解開胸罩，胸部也在脫離束縛的時候輕輕擺盪了一下。原本雙峰間的深溝因為被胸罩撐高而緊貼在一起，現在則是有種涼涼的感覺。

音音也脫下胸罩。看到音音沉甸甸又晃得很有彈性的胸部，就讓我好想把臉埋進她的深谷間，享受她的柔軟觸感。

我看著她汗水反射出的光芒，忍下心裡的衝動。

接著，我拿出毛巾擦拭自己胸口上也有的汗，穿上比基尼。

我先把泳衣背後轉到前方打好要繫在背部的結，再前後對調穿上去，調整上半部泳衣包覆胸部的部分，並隔著內褲穿起下半部。最近的泳衣披裙好像都是一體成形的，不用自己另外圍在腰上。穿起來不會太麻煩這點還不錯。

「怎麼樣？」

音音微微張開雙臂，要我看她穿比基尼的模樣。她豐滿的胸部也隨之震盪，可愛到眼睛都要瞎掉了。

「啊，有一點點跑出來了。」

音音胸部前端的粉紅色乳暈稍微露出來了一點，沒有被布料徹底遮住。雖然顏色很淡，不仔細看就不會注意到，但有露在外面也的確是事實。

我非常順手地拉開音音比基尼的上衣，把手伸進去調整胸部的位置。

因為我沒有多想什麼，所以我有一瞬間沒發現自己到底做了什麼。

感覺到手裡的體溫跟掌心中央微微的堅挺觸感，我才意識到自己在做什麼，心跳也跟著瞬間加速。

我努力掩飾內心的驚慌失措，輕輕收回自己的手。

「嗯，這樣就沒問題了！」

我輕拍音音的胸部，笑著這麼說。

「謝謝。」

看到音音也用笑容回應，讓我大大鬆了口氣。

仔細想想，我們本來就會一起洗澡，還會互相洗對方的身體，只是摸一下胸部根本不算什麼。

只是，一旦開始對音音懷抱特別的情感，就沒辦法以平常心看待了。音音整個人的存在都會觸動我的心弦，我甚至無法理解以往怎麼能夠保持平常心。

「就挑這件好了～」

音音心滿意足地看著全身鏡裡的自己說道。

「妳覺得呢？」

她轉過頭來問我。音音拎起披裙擺動著，可以看到比基尼的泳褲底下，露出了一點沒有被布料完全遮住的內褲。同時，我的視線也忍不住集中在她若隱若現的臀部線條上。

「應……應該不錯吧？我也決定要挑這一件了。」

「那，我們就是穿同一種泳衣嘍。」

音音笑說「雖然花樣不一樣就是了」。

我真的很想當場撲上去大口品嚐她的嘴唇，但還是勉強忍住了。

我們等一下還要去游泳池約會演練，到時候可以做些更誇張的事情。情侶到游泳池約會，不可能只是單純來玩。

網路上是這樣說的。

我跟音音脫下泳衣，穿回原本的衣服，離開試衣間。幸好沒被任何人看到。

就算已經結完帳，我內心的亢奮還是宛如熾熱的烈火，無法熄滅。我想要至少牽一下她的手。

「走吧。」

被我牽住手的音音沒有反抗，也沒有顯得很驚訝，還主動回握我的手。

音音臉上浮現可愛到幾乎要讓人瞎掉的微笑，讓我只能愈來愈喜歡她。

☆

從車站搭直達接駁車到游泳池，需要二十分鐘。

因為是很大規模的設施，就不是選擇蓋在市區，而是郊外。相對的，客人在裡面可以滿足所有的需求。

裡面不只有游泳池，也有美食區、餐廳、紀念品店、溫泉，另外，雖然不至於能夠住宿，但裡面還有計時的小包廂可以給人放鬆休息。

至於為什麼是「小」包廂，網路上說是要避免被人當成賓館在用。而且好像還有工作人員在巡邏，聽說被發現違規，會吃上好幾萬日圓的罰金。看來這世上就是有些沒常識的人。

接駁車幾乎沒辦法再擠更多人，載客率應該是百分之百。不只沒地方坐，還塞到快要沒有縫隙，但我也因為這樣得以跟音音緊貼在一起，幸福程度是百分之兩百。這種狀態很難聊天，所以我一直在聞音音身上的味道。我假裝是因為車上太擠，就把鼻子埋在她的頭髮裡，偶爾還碰一下耳朵。可以說是度過了一段很滿足的時光。

接駁車一到站，我們就買了可以使用所有設施的一日券進場。

因為是約會演練，費用當然是由我來出。最近花了不少錢，但勉強能用壓歲錢彌補支出。畢竟我的目的用錢買不到。如果用錢就能搞定，要我出多少錢都不是問題。

更衣室沒有隔間，但入口有出借跟毛巾一樣材質，長得像斗篷大衣的東西。只是它不像斗篷大衣有袖子。我也在學校看過有人用。我自己是不會在意別人眼光，直接換衣服。

手腕上有同時是置物櫃鑰匙等各種優秀功能的防水腕帶。只需要掃描一下，即可不透過現金買設施內的各種東西跟食物，等離場的時候再結帳，所以不需要隨身攜帶錢包。使用時注意不要不小心花太多錢，就是個非常方便的工具。

「要先去哪裡？」

跟我穿著同款不同花樣的泳衣的音音一臉期待地這麼說，讓我覺得好耀眼。我感覺自己都要徹底忘記這是約會演練了。總之，一開始就先專心玩吧。一直到最後的最後，才會需要特地動手腳。

「那，就去玩滑水道吧！」

「嗯！」

「不過，在開始玩之前——」

我拿出防曬乳的瓶子。這裡的游泳池禁止用防曬油，但可以用防曬乳。

「我來幫妳抹。」

我擠了很多在手上。

「嗯，麻煩妳了。」

音音沒有半點疑心，直接轉身背對我。

沾著防曬乳的手一碰到音音雪白滑嫩的肌膚，她就發出「呀！」的可愛叫聲。我興奮地用兩隻手同時幫她抹起防曬乳。她扭起身體，不知是不是從肩胛骨摸到側腹讓她覺得很癢。

「換轉過來朝我這邊。」

「咦？前面我可以自己抹，不用啦。」

「不行不行。」

我搖搖頭，表示她沒搞懂我這麼說的意義。

「抹防曬乳是男生可以合法摸女生的機會。妳拒絕的話，會讓會長超級失望的喔。」

「啊，也對。我們現在是在約會演練嘛。我直接當成是在跟妳約會了。」

約會！——音音意料外的一句話，正中了我的好球帶。我拚死命忍著不露出傻笑，把防曬乳擠到手上，問音音要不要抹前面。

「嗯。」

音音只有簡短回答，就伸出了雙手。她這樣看起來很像是要我抱她，害我真的差一點抱上去。

我忍住衝動，把防曬乳抹在她伸出的手臂上。她的上臂摸起來很軟，很好摸。跟我摸起來硬梆梆的上臂完全不一樣。

我抓起她的手臂往上抬。這讓音音露出她光滑的腋下，她忸忸怩怩的，看得我忍不住亢奮起來。我把不太容易曬傷的地方也一起抹一抹。音音大概是覺得很癢，每抹一次，她的身體就會跟著扭動一次。好可愛。

我繼續擠防曬乳到掌心上，順著音音的脖子、鎖骨，再往下面的胸部塗抹。

這段時間，音音一直是微微看著下方。

不知道是不是因為有比基尼的上衣撐著，音音的胸部比平常還要有彈力。用手指按壓，就會很有彈性地搖啊搖。

「換我了！」

說完，音音就搶走我手上的防曬乳瓶子。

音音擠了很多在手裡，然後像是在拍打我一樣，用力把防曬乳抹在我脖子上。她手掌心有點冰涼的觸感很舒服。

我被迫轉身背對她，接著連背上也被抹了很多防曬乳。

背部抹完以後，她就抓住我的上臂，說：

「來，雙手舉高。」

「咦？不用啦，我自己抹……」

「哪有這樣的，妳都抹我前面了，這樣不公平。妳不讓我抹，今天就不約會了。」

可是這明明是要幫音音練習的約會演練——我自己最清楚這只是表面話，所以還是心不甘情不願地舉起雙手。

我有刮腋毛，是不至於尷尬，但感覺會冒出冷汗。

「嗯，刮得很乾淨。」

音音說著就用沾著防曬乳的指腹，輕輕抹起我的腋下。

雖然很癢，不過我還是忍住沒有抵抗。

音音動作細膩地把防曬乳抹開，連胸部的上方都有抹到。

她的手指感覺很像要伸進比基尼的上衣裡面，卻又沒有伸進來，好讓人心急。我很希望她直接把手指伸進來摸我的乳頭。也希望她用指甲彈，或是用手指捏。

我無法直言我希望她這麼做。

那會違背這次約會的主旨。純粹只是我自己的慾望。我不能因為一時的慾望，就摧毀好不容易成功執行的計畫。

不過，光是能跟她有肢體接觸，就會讓我覺得幸福得不得了。

「——好，抹好了！」

音音輕拍了我的腹部。

我的腹肌也跟著繃緊。跟岩漿一樣滾燙的慾望聚集在更底下的部位，只是一看到音音開心的表情——也好像有收斂了一點。

「那，我們走吧。」

音音把防曬乳的瓶子收進置物櫃之後，就抓起我的手。我被她牽著走到外頭，迎面撞上無情灑落下來的炙熱陽光。

內在跟外界的一切都在發燙。

進到游泳池裡，會多少讓我火熱的身體降溫嗎？我看著走在前面的音音綁在後腦勺的頭髮不斷雀躍擺盪，就感覺心身兩方面都要融化了。

☆

我們最先去的地方是滑水道。這座游泳池有這一帶最高的滑水道，還被稱作水上雲霄飛車，非常熱門。現在要到滑水道最頂端的隊伍也排成長長人龍，需要等上二十分鐘。

爬樓梯到最頂端，再透過工作人員的協助一口氣滑下去。滑下去的速度很快，而且爬上來會發現高度其實比預料中的還要高，有些人甚至會到最上面才臨陣退縮。實際上，也的確有幾組客人花了點時間才願意滑下去，讓排隊人龍暫時停止前進。

其中大多會在後面其他客人的視線壓力之下，鼓起勇氣滑下去。但也有人選擇放棄，直接離開。

「妳要抱好我喔！」

坐在前面的音音對我這麼說，於是我也毫不客氣地從後面用雙腿夾著她，雙手用力抱緊她的身體。

「要下去嘍！」

我在聽到工作人員說出這句話的同時，感覺到背後被推了一把。
滑水道上一直都會有水流，讓開始往下溜的我們瞬間加速。
（哇！）
溜下去的速度快到讓我忍不住縮緊屁股。我被嚇得完全喊不出聲，沒有多餘的心力可以吶喊。
不過，音音卻是很開心地——
「呀！」
大喊出來。她大喊的語調，聽起來很樂在其中。
我們一下子就溜到最底部，一起掉進淺淺的水池。掉進去的時候掀起了不算小的水花，讓我就這麼抱著音音隨波逐流。
「哈哈哈哈哈哈！」
音音還有辦法從容大笑，我則完全笑不出來。但我還是勉強站起身，伸手拉她起來。
我發現比基尼的泳褲卡進股溝裡，變成一條線，連忙動手拉開來。真虧上衣部分沒有被水沖掉。
我在走去出口的路上聽到後面傳來很大的落水聲，一回頭就看到一組情侶從滑水道溜進了水池，而女方因為比基尼上衣被水沖掉，露出了胸部。

幸好沒變成她那樣。

音音的胸部只能讓我看，我的胸部也只能讓音音看。

我們接下來換去波浪池。

有大浪、中浪、小浪三種池，大浪池會在固定時間出現足以讓人衝浪的巨浪。

我跟音音借了8字形的泳圈，前往中浪池。泳圈的洞口不算大，所以我們是從底下套上來，結果我們兩個都剛好是胸部抵在洞口，總覺得有點色情。

「哇，浪還滿大的耶！」

我們在泳池裡漂浮，順著波浪大幅上下擺盪。腳基本上踩得到池底，但有時候會被浪沖到飄起來。

每一次飄起來都會看到音音用力捏緊泳圈，可是……奇怪？

「妳不會游泳嗎？」

「嗯……對。」

她難為情地笑了笑。

「啊，不過，我還是很喜歡在水裡玩水。雖然會有點怕，可是我也喜歡這種怕的感覺。大概就像逛鬼屋那樣吧？」

我不認為跟逛鬼屋是一樣的概念。不過，原來就是因為她不會游泳，我才會覺得好像幾乎不曾跟她一起游過泳。國小國中的時候有游泳課，可是我記得她好像常常沒有下水，到了高中則是學校裡根本沒有游泳池。

我有點受到打擊。我以為我對音音是無所不知。

「抱歉，我不是刻意要瞞著妳。」

「不……不會啦，沒關係。只是早點知道的話，我就挑其他地方約會了。」

「我沒有覺得來這裡不好。畢竟男生夏天都會想去海邊吧？」

「這……」

道場那些人曾說，夏天可以合法看女朋友幾乎是裸體的模樣。我當時覺得就算合法，你們色瞇瞇地盯著對方看，也不會改變你們是色狼的事實。只是我不想加入他們的對話，就沒有特地說什麼。

「……倒也是。」

「所以沒關係。我不想被人當成無趣的女人——而且我也想看妳穿泳裝。」

「都看過裸體了……還有什麼好看的嗎？」

「裸體跟泳裝不一樣。我就是想看妳穿泳衣有多可愛嘛。」

「是喔。」

我只有簡短這麼回答，但心裡其實高興得到處亂跳。雖然音音比我可愛太多太多了，我還是很高興她誇獎我。

只是我也同時得知了她願意為一個男人這麼賣力的事實，讓我的內心被一股比灼燒肌膚的太陽更加強烈的嫉妒火舌燒得焦黑。

「……那，我們下午來練習一下游泳吧。他知道妳不會游泳的話，一定會想教妳游。」

我有點訝異自己的聲音變得很低。

「是嗎？」

音音微微歪起頭，讓她綁在後腦勺的頭髮隨之晃動，甩出小水滴。我看著好幾道飛舞的彩虹，用完全不帶感情的語氣肯定她的疑問。

☆

我們中午吃了漢堡，還互相餵對方吃薯條，讓我心情有變好一點。我感覺自己的感情可能會在不斷高低起伏之下崩壞，卻也不能事到如今才放棄。

約會愈多次，我就愈不想要失去她。音音一直以來都跟我形影不離，我們都是彼此最看重的人。我希望自己以後也是她心目中的第一順位。

就算得不擇手段，我也要捍衛我們之間的關係——我重新下定決心。不這樣的話，我很可能會敗在音音全盤信任我的天真笑容之下。

吃完午餐，我們就前往普通的游泳池練習游泳。

這個沒有波浪跟水流，完全沒有遊樂設施氛圍的游泳池果然比其他泳池還要空，沒多少人來。

在這裡游泳的只有年齡不適合玩遊樂設施的嬰幼兒，還有陪同的父母親，幾乎沒有其他跟我們同年齡的人。

「妳說要練習，可是要怎麼練習？」

音音走進水深只有及腰的游泳池，對我問道。

「總之就先從最常被拿來練習的浮在水面上打水開始吧。反正只要抓著邊邊，就不會沉下去。」

「這麼說來，小學的時候好像有那樣練習過。」

「對啊——來，抓好了。」

音音照我說的抓住游泳池的邊緣，伸直身體。雖然把臉泡在水裡比較容易浮起來，但現在先不管那麼多。我不是要讓她感到害怕。

我站在旁邊，把手伸進水裡，撐著音音的大腿跟胸部底下。

「來，妳打水看看。」

音音照我說的動起雙腿。接著，就打出很大的水花，也可以透過我的手臂感覺到她有稍微前進一點點。

「啊。」

音音發出驚嘆，不知道是不是實際體會到推進力會連帶產生浮力。

「妳有感覺到嗎？」

「嗯。」

「那就繼續吧。」

可能是開始覺得有趣了，音音雙腳的動作變得比剛才還要快。我暫時讓她自己試試看。

而我當然不會只是單純帶她來練習。

我的目的——也就是重頭戲，才正要開始。

我一隻手依然撐著她的大腿，趁她浮起來的時候移動撐著上半身的手。她的身體又往下沉的時候，我朝著上方的掌心摸到的——是音音豐滿的胸部。

音音一臉意外地轉頭看著我。

「不……不要停下來……」

我對她這麼說。

她大概是想起現在是約會演練，並理解到男人會趁著大好機會做這種事情，就默默地繼續動腳打水。

我假裝在支撐她的身體，慢慢揉捏她的胸部。

音音豐滿的雙峰在水裡變輕了一點，也好像變得更有彈性、更柔軟。

我本來還計劃好要藉著在水裡不會被看到的好處，把手直接伸進泳褲裡摸她的私處，但想想這樣不太衛生，就算了。

我一下用手拉扯，一下在她胸部上畫圓，不久就發現音音的雙眼慢慢泛紅。

「……這樣……舒服嗎？」

問完，音音就把嘴巴浸在水裡，不知道說了什麼。她的話語只有形成噗嚕噗嚕的泡泡聲，沒辦法聽懂是什麼意思。

這還只是前菜而已。

（……上吧，鹿乃！）

我硬是把手指伸進音音比基尼上衣的下緣，往上扒開。

音音的大胸部在水裡脫離了拘束。

除非有人潛進水裡游過來，不然根本不會被發現。

用手撈著她的乳房，就清楚感覺到頂著掌心的乳頭變得很硬挺。

我手指用力，用擠壓的方式拉扯看看。

隨著我的手指往下，音音的身體也不時就輕輕一抖，或許是碰到了她的敏感帶。

我用手指勾住變硬的乳頭根部，再用稍強的力道捏下去。

這種硬硬的觸感摸起來很舒服。

我捏的力道忽強忽弱，而我每次捏揉，都會因為我撐著音音的大腿，讓她的背部隨著身體的反應彈到水面上。

音音沒有喊出聲，只是不斷在水裡吐出泡泡。

即使在水裡，還是能清楚感覺到音音的身體開始發燙。

我自己也是比基尼底下的乳頭硬到像是要抽筋了，不能動手去摸，真的很讓人心癢難耐。下腹部的深處也一樣在慾望之下隱隱作痛。

音音的乳頭彷彿比較硬一點的軟糖，我動手一扭，她就吐出特別大的泡泡，縮起身體。

她維持這個姿勢好一陣子之後，忽然整個人癱軟下來。

我撐著她快要沉下去的身體，迅速幫她穿好泳衣。之後，我把她抱起來，把臉湊近她不斷滴落水珠的頭旁邊。

「……我們去休息室吧。」

然後用顫抖的嗓音在她耳邊低語。

☆

一進到休息室的小包廂，本來壓抑在心底的衝動就一鼓作氣湧上來，把音音逼到從入口看不到的牆邊。

我已經徹底失去了理性。雖然還留有一絲絲足以認知到這個事實的理性，卻也不足以制止自己的行動。

快點——我好想快點摸她。

水珠從半乾的髮梢滴落到木質的地板上。

音音雖然驚訝，卻也沒有顯露任何畏懼。大概是因為在她面前的人是我吧。她一定是覺得反正我不是男的，不可能會對她伸出狼爪。

當然，我不會做讓她不舒服的事情，但也不會什麼都不做。

我不是擁抱音音，而是用壓著她的方式，把她整個人定在牆邊。我把臉埋進音音濕潤的髮絲當中，把嘴唇湊到她耳邊，在幾乎要咬到她耳朵的距離——

「妳……妳——喜歡……我嗎？」

用跟平常不一樣的語調，如此細語。

「嗯……喜歡。」

好想哭。就算知道她指的不是自己，而是川久保，還是一樣高興到眼淚都要流出來了。但現在哭出來也沒關係。她看不到我流眼淚，就算被發現，也可以說是沾到頭髮上的水。

「妳喜歡我哪些地方……？」

「咦～？怎麼又是問這個？」

音音輕聲笑道。不過，這件事對我來說，並沒有輕鬆到能笑容以對。我想聽音音合理解釋她到底覺得那傢伙有哪些優點，又喜歡他的什麼特質。

「告訴我。」

我貼在她的耳朵旁邊說。似乎覺得很癢的音音扭了一下身體，回答：

「……全部。」

「我想聽妳講得更……更具體一點。」

感覺音音很可能會藉由我壓在她身上的胸部，感受到我的心跳。

「你在台上演講的模樣很帥……而且在男生之間也很受歡迎。我也喜歡你聰明到總是有好成績。」

「這……樣啊……」

總覺得她列舉的都是很表面的特質。不過，說不定本來喜歡一個人，就常常會是這樣。畢竟不是同個年級，也不是同個社團的學長或學弟，想要知道對方的真面目，就只能主動想辦法調查。

我也知道喜歡一個人不會有特別的理由。要是有人問我為什麼喜歡音音，又喜歡她的什麼特質，我應該也會回答「全部」。我是在她說喜歡會長的時候發現自己喜歡她，但如果問我是什麼時候開始喜歡她，就回答不出來了。

（不過，我有自信絕對是我比較喜歡音音。）

不論是音音對川久保的喜歡，還是川久保可能會喜歡上音音的可能性，都絕對贏不過我對音音的感情。

（我說什麼都不會把音音讓給別人！）

我咬住音音的耳朵。

「嗯！」

不知道是不是咬太用力，音音聽起來覺得很痛。我不打算道歉，而是把舌頭伸進她的耳道，不斷翻攪。

這麼做產生了帶有黏性的水聲，也讓音音縮起了脖子。

我覺得我自己也習慣了。

現在我不會抗拒做出這種猥褻的舉動。

我吻了音音好幾次，同時，親的位置也逐漸從耳朵順著臉的輪廓移往下巴。我用鼻尖頂起下顎，用嘴唇含住下巴的尖端。

音音暴露在燈光下的白皙頸部，隨著她吞下口水而抖動。我像是要大口吞掉她一樣吸著她的皮膚，但沒有用牙齒咬。一用舌頭大動作舔下去，音音就會忽然一陣顫抖，讓我忍不住一舔再舔。

我像狗一樣呼著氣，從沾滿唾液的脖子往上轉移陣地，親了音音的嘴唇。我吸住她的上唇，咬著她的下唇。

「……把舌頭伸出來。」

音音微微顫抖，卻也接受了我的要求。我含住以後，就吸起她的舌頭。同時，舌頭也大肆舔著音音被我含在嘴裡的舌尖。

音音把手伸到我的背後，緊緊抓著我。她大力把我摟近自己，甚至我們兩個的胸部都用力擠壓在彼此的身上。我感覺得到音音有如鼓聲的心跳。

（我想要……更直接地感受她的心跳……！）

我解開音音比基尼上衣背後的結。接著拉起肩帶，把比基尼往上挪開。音音的胸部就這麼顯露在外，我也硬是把自己的比基尼上衣往上拉開。

我們赤裸裸的雙峰緊緊貼在一起。

（好燙……！）

明明只是少了一塊隔著我們的布，卻好像到了另一個世界。

在親音音的時候身體一扭，讓我們被埋沒在乳房當中的乳頭相觸，瞬間就有一股酥麻的快感竄過全身。真的舒服到害我忍不住短暫移開了親著音音的嘴唇。

好想再多跟她互蹭幾次。要是我們抓著彼此的胸部，蹭著彼此的乳頭，感覺不知道會有多舒服。

不過，我的願望不會成真。

這只是約會演練。我現在扮演的「男方」不會做這種事情。

所以，我只能更用力把胸部壓在音音身上，像在跳舞似的扭著身體。雖然不能順著自己的衝動真的很難受，但這種難受的感覺也不壞。

「唔唔！」

我忍下差點溜出口的叫聲，用力抱緊音音。

音音的臉剛好在我肩膀的位置。

我把鼻子埋在她耳朵後面，聞著她的味道，本來摸著音音一絲不掛的背的手也往下移，張開手掌抓住她圍著披裙的臀部。

手裡感覺到的彈性跟胸部又不太一樣。我揉捏得粗魯一點，音音抓著我背後的手指也跟著狠狠加重力道，甚至傳出疼痛。我忽強忽弱地揉著揉著，就聽到音音胯下附近開始傳出黏液的聲響。

（她濕了嗎？）

心臟跳得異常激動。心臟好痛。我抓著屁股的肉，往左右扒開，再用手指從泳褲的褲緣鑽進褲底。

手指傳來一種滑潤的觸感。

我的手指順暢無比地溜進她胯下的肉之間。

這是我第一次摸到音音的私處，而那裡早已徹底濕透了。

用手指摸索一下，就摸到了比周遭相對硬一點，而且有皺紋的地方。這大概是肛門。摸起來很像是肛門中心的地方雖然緊緊閉著，但感覺只要稍微用點力，就可以戳進去。

真的那麼做的話，應該很難不引起音音的反感，所以我決定不碰這個地方。雖然我根本不會嫌音音身上任何一個地方髒。

我把所有注意力集中在手指上，繼續往更深處摸索。

好燙。

觸感跟我自己的幾乎一模一樣。但包覆著我手指的皺褶很燙，就像得到流感的時候的口腔。

她的陰毛很稀疏，這也是之前一起洗澡就有注意到了。她軟嫩的肉附近幾乎沒有長毛。

我鑽開中間的山谷，往更深處前進，隨後指尖就碰到了一個硬硬的部位。

「嗯啊啊！」

一摸到那裡，音音就發出我從沒聽過的叫聲，接著她咬住了我的肩膀。

我知道我碰到了女生身上最敏感的突起部位。

我好高興。

我跟自慰的時候一樣，用中指的指腹搓揉。雖然方向跟平常相反，但我從觸感就能知道接下來該怎麼辦。

「嗯！嗯！嗯嗯！」

抓著我背後的指甲刺得更用力，咬著肩膀的牙齒也咬得更深。我不理會疼痛，接著按壓、彈打音音敏感的突起部位，給予猛烈的刺激。

音音私處濕潤的皺褶持續發出煽情的猥褻水聲，還纏住了我的手指。這種纏上手指的感覺就像是帶有自我意識。

我翻開皺褶，大力從陰蒂的根部往上推，搓過突出的敏感地帶。

「——唔唔嗯嗯嗯！」

我聽到肩膀傳來皮膚被咬破的聲音。音音不時抽動的身體開始顫抖。

我沒有把手抽離她的胯下，繼續刺激她。因為在高潮的餘韻當中繼續撫摸，會有種像漣漪一樣擴散開來的柔和快感。

「…………」

音音抓在我背上的手，無力地垂了下來。

我稍微退開，卻也沒有放開她。退開以後還是近得足以讓我們的胸部貼在一起，但可以看到彼此的臉。音音的嘴唇紅紅的，還有血的味道。

「……音音？」

我開口呼喚她的嘴巴，被音音用吻給封住了。她這一吻很粗暴。

同時，音音的手也鑽進了我已經濕到不能再濕的泳褲裡。我還來不及抵抗，她就把我陰蒂的包皮翻開來，再用指腹搓起變得毫無防備的敏感部位。

「啊唔啊！」

她這一搓直接讓我高潮。一種比自慰高潮還要強烈許多的快感瞬間從胯下竄上頭頂，眼前一陣暈眩。

我舒服得沒有辦法站穩，就跟音音一起蹲了下來。我不知道傳進耳裡的吵鬧心跳聲究竟是我自己的，還是音音的。

「原來男生……」

音音在我耳邊細語。我們都把自己的臉靠在對方的肩膀上。

「只要有跟人獨處的機會，就會做這種……色色的事情……」

「……嗯。」

我這麼回答。我不知道實際上是不是那樣，但網路上的確有那種生物存在。

所以妳還是對會長死心吧——我吞回本來要脫口而出的這句話。

要音音自己決定放棄追求會長才有意義。

只是我已經快要融化殆盡的腦袋，已經不懂我自己決定實行的這個計畫，到底對達到我的目的有多少幫助，又是不是真的有必要。

我現在只想好好感受音音的體溫，沉浸在被喜歡的人弄上高潮的幸福餘韻之中。

15

「好久不見，學姊。」

待在昏暗房間裡的伊田碧在好幾個螢幕的環繞之下，露出奸笑。

她總是駝著背，身材瘦得像隻營養不良的野貓。一頭蓬鬆凌亂的頭髮很隨意地綁成一束馬尾。

「呃，我們昨天也見過面吧？」

我一說完——

「只是問候一下啦。」

戴著厚鏡片眼鏡的她就這麼回答，還發出「嘿嘿嘿」的陰險笑聲。

距離去游泳池那天已經過了三天的放學後。

這裡是新聞社的社團教室。大概是因為這裡有很多電腦，冷氣開得很強，穿短袖會有點冷。其實原本不能自行調整冷氣的溫度——

「這個喔，反正有很多方法可以鑽漏洞嘛。」

聽說是這樣。

也因為她有這種能耐，我才認為她值得信任，想委託她一件事情。

伊田碧是新聞社唯一的社員。一年級的她讓原本已經停擺的社團起死回生，現在全校都知道她會發行內容有點勁爆的校園新聞。

不過，她發行的新聞也不是紙本的報紙，而是網路新聞。只要有什麼獨家新聞，她就會發送給所有學生，還會送去老師發文用的社群平台帳號。真不知道她是怎麼掌握所有人的聯絡方式的。

當然，老師們開會的時候也有討論過這個問題，但最後卻因為不明原因遭到駁回，之後就再也沒浮上檯面。

老師們好像曾經對學生會施壓，要他們逼新聞社停止活動，但是川久保卻以新聞社是全校學生的代表為由拒絕。

所以我本來覺得拜託可能認為自己欠學生會人情的碧其實很危險，只是我也沒有其他管道，才決定賭一把。

論人情的話，碧也有欠我人情。

我跟碧是讀同一所國中，而我當時曾救過在路上被人恐嚇要錢的她。她從那時候就一直很崇拜我。

我跟她說過很多次不用放在心上了，她還是特地跑來跟我讀同一所高中。
雖然對她這麼熱情的態度有點傻眼，但有人打心底崇拜自己的感覺也不壞。當然，她對我的感情跟我對音音的感情是完全不一樣的東西。
不過，我不曾利用她對我的好感。我從來沒有特地拜託她幫我做什麼事情。所以碧才會馬上答應我的要求，也不過問詳情。
「妳說妳準備好了是嗎？」
「是啊。」
我在午休的時候收到訊息，才會來這間社團教室。當時我正好在跟音音一起吃午餐，一時有點不知所措。
一個小箱子被放到我的面前。裡面裝著有點厚的小型圓盤狀機器。
「把那東西貼在牆上，就可以聽到牆壁另一邊的聲音。」
「看起來好像聽診器的聽頭。」
只是沒有橡膠管。
「用途上也的確差不了多少。收到的聲音會透過藍芽傳送到手機上，可以聽到最即時的聲音喔。」
「可以用耳機嗎？」

「藍芽的嗎？學姊的手機可以配對三組裝置，沒問題。」

「錄音功能呢？」

「會自動錄音。」

「謝謝。」

我從書包裡拿出裝著錢的信封袋給她。

「學姊用不著給我錢啦。」

「請人做事本來就不該讓人做白工。」

而且只要有碧只是收錢做事的事實存在，萬一真的弄出什麼問題，也不會連累到她。可以假裝我是用其他理由請她幫我弄來這個東西。

畢竟竊聽學生會室裡的動靜就算不是犯罪，也一定違背正常倫理。

「裝置的配對方法跟藍芽耳機一樣。只要打開主機，用手機搜尋就可以連上線了，之後就會自動從商店下載專用的軟體。」

「好。」

步驟這麼簡單的話，對我來說也不是問題。

「對了，學姊……妳是對學生會長有興趣嗎？」

我嚇到以為心臟會從嘴巴跳出來。

「什麼？妳怎麼會這麼想？」

我故作鎮定，但不曉得有沒有成功掩飾內心的驚慌。

「因為會長粉絲俱樂部的專用社群平台上不時會看到學姊的名字。雖然妳看起來不像想要馬上出手，應該是沒什麼關係。」

我的戒心瞬間加強到極限。

「……妳也有加入會長的粉絲俱樂部嗎？記得她們專用的社群平台只有會員才能看吧？」

「怎麼可能，我只是偷看一下而已。想說如果能抓到學生會長的把柄，搞不好可以多爭取一點預算。可是會長真的太沒破綻了……真是個無趣的男人。」

這麼說來，碧確實是會做這種事的人。她以前被其他學生恐嚇要錢之後沒多久，就把對方的黑歷史公開在網路上。

原來如此。畢竟連莫名其妙被學姊搭話這種事情都會發生，我早料到一跟會員有接觸，就會被人指指點點。看來我的存在也已經在社群平台上傳開了。

「我也這麼想。我是因為朋友有提到會長，才去跟粉絲俱樂部的會員打聽一下他的為人。」

「這樣啊……那種粉絲通常都很死纏爛打，學姊要小心點。」

「好，謝謝妳。」

我這麼回答，碧也接著說：

「不會，我只是疑心比較重。」

然後從椅子上站了起來。

「學姊還有空嗎？我可以幫妳泡個紅茶……」

「嗯，我想喝。」

我感覺到碧想再多跟我聊一下，便把收著竊聽器的包包放到地上。

每一次跟碧聊天，總是能聽到會忍不住嘖嘖稱奇的趣事。雖然她講的內容太多擦邊球的橋段，很難跟任何人——也很難跟音音提起。

社團教室裡亂歸亂，碧泡的紅茶倒是很好喝。連用的杯子都是優雅到一般只會在電視上看到。

我咬著一起送上來的手工餅乾，雙眼看著碧。

她的胸部雖然不至於跟我和音音一樣大，但也算很大了。只是她駝背，就不是很明顯。不知道是不是因為她總是待在昏暗的房間裡面，皮膚跟我手上的杯子一樣白，膚質也很細緻。而嘴唇則是很薄，顏色要說紅，也算有點偏黑。

——不過，我沒有感覺到任何衝動。

沒有像看著音音，或是心裡想著音音的那種小鹿亂撞的感覺。不會有想要摸她、抱她的想法。

也就是說，我不是因為性慾太強，才開始失控。

其實發生在游泳池那件事之後，我天天都會想著那一天的情景自慰。甚至手指表皮都會因為沾太多黏液，變得軟爛。

不只這樣，我現在光是看到音音就會有點濕，還會瘋狂想要伸手摸她。

我本來有點擔心自己是不是自慰到腦袋短路了，但我對碧就沒有任何感覺。

所以，我會這樣不是單純出於慾望。是戀愛使然。這也讓我鬆了口氣。

看來我不是只要對方是女的就不挑，是只有面對音音才會興奮。

那就沒問題了。

人本來就會對喜歡的人有性衝動。我會希望音音的一切都是屬於我的，也很想獨占只有我一個人看過的模樣跟反應，都是很正常的想法。

（……太好了。）

放心下來以後，我喝了口紅茶。

接下來就得執行整個計畫的最終階段了。在執行之前弄清楚自己懷抱的感情，讓心情舒暢了不少。

「對了，我有找到這個東西——」

碧帶著奸笑講出來的事情還是一樣有趣又露骨。

我很久沒有不抱任何企圖跟盤算跟人對話了。我本來還隱約在害怕接下來要做的事情，但跟碧聊一聊，就讓我得以忘記這份恐懼。

最後的關鍵。

今天——會收到「我訂的某個東西」。

16

不久前，我家公寓附近的超市有了取物櫃的服務。

其實公寓的公共空間也有放快遞包裹的櫃子，但寄到公寓很可能會被家人看到，而且也不知道會用什麼樣的包裝寄來，所以不想被人看到的包裹，我都會寄到超市的取物櫃。

這次我還特地註冊新帳號下訂。

畢竟要訂的東西比較特別，我不是很想用平常用的帳號下訂。看到訂單留在列表上也會很難為情。

要是被其他人看到，這輩子就沒臉見人了。

我小心避免過度左右張望，輸入密碼。

我忍不住手指的顫抖，按錯了兩次密碼。

輸入第三次才終於解鎖，打開我要開的那一格櫃子。我有一瞬間冒出一種想像——想像放在裡面的包裹是可以清楚看見內容物的包裝，但我的想像沒有成真。

裡面是比我預料中還要大的紙箱，也沒有寫裡面裝什麼。

我把紙箱夾在腋下，連忙趕回家。

當然，我還是有注意不要趕到出意外。要是被車子撞到失去意識之後，有人要開我的包裹確認我的身分，也一樣會一輩子沒臉見人。

所以，回到公寓大廳的時候，真的是打心底鬆了口氣。

不過搭電梯的時候，又開始有點緊張起來。這間公寓的防盜措施很嚴，應該不至於在電梯上被人搶劫，但其他居民突然失控的可能性也不是零。如果包裹被人搶走，還被看到裡面裝什麼，我還是會一輩子沒臉見人。

幸好沒有其他人搭電梯，我也平安抵達我家在的樓層。

之後我快步走到我家玄關，著急地開鎖走進家門再仔細上鎖，才終於真正放心下來。

我打開冷氣，把紙箱放到桌上，書包則是放在地上。然後脫掉制服，換穿運動服。雖然接下來要做的事情不穿衣服也沒關係，可是萬一在事前準備的時候感冒就太蠢了，所以還是穿上了衣服。

我拿起美工刀，小心謹慎地打開箱子。

我看到「我訂的某個東西」的第一印象，是「比我想像中的還要大」。我把用包膜封著，還被固定在厚紙板上的東西拿出來。

紙箱裡有兩個東西。

我拿起比較大的透明塑膠箱，看著箱子裡面。裡面裝著全長二十公分左右，主體是灰白色的Ｊ形物體。雖然沒有Ｊ上面的那條橫槓。

箱子上貼著印有「雙頭龍」字樣的貼紙。還另外寫著「真實觸感！」、「酷炫造型！」、「足以插進肛門的強大勃起力道！」、「以安全矽膠材質製造！」、「※本商品用途為惡作劇」等標示。

我不知道為什麼緊張得吞了口口水。

（……看起來……好誇張……）

這是模擬男人性器官外型的道具。

不過，這是以兩名女性共用為前提的東西，不是一個人用的。因為女生沒有男生那一根，就會用這種道具模擬男女的做愛方式。

老實說，我無法理解為什麼一定要用到這種東西。雖然只是跟男人下體相同造型的道具，但我真的不懂為什麼女生之間做愛，還要有男人介入。

（明明光用手指跟嘴巴就夠舒服了……）

還是其實就身體構造上，用這種東西會更容易高潮？不曾跟男人做過那種事情的我也不知道。月經來也是用衛生棉。

不過，這次我需要用到這個東西。

我要奪走音音的「第一次」——這就是我這份計畫的最後一個階段。既然只能用事前演練跟川久保做愛的名義，就一定得要弄出那一根。

雖然假陰莖也有裝在腰帶上的類型——我在搜尋一些東西的時候知道的——但是那種的會很不公平。我無法接受奪走音音的第一次的時候，只有我自己還是處女。

我想跟她一起破處。

我認為這是最理想的結果，也是最理想的開始。

我坐到床上，打開塑膠箱。

拿出來以後發現比預料中的還要軟，只是軟的也只有表層，底下反而很硬，感覺不能隨意彎曲。

（我看看……短的這一頭要自己用嗎……）

上面沒有寫明為什麼自己要用短的這一頭。兩端都比本體還要粗，但自己用的這一端的本體比較細。

外形像草莓的兩端應該有三公分粗。摸起來軟軟的。不知道這是不是男性平均尺寸，但我自己是覺得這樣也算很粗了。

我把它先放到一旁，打開另一個一起裝在包裹裡的東西。

裡面是保險套。是給男人用的避孕用品。我在網路上查雙頭龍的時候，有看到說最好也要用保險套。說用起來會比較舒適，也不需要擔心衛生問題，就一起下訂了。

我拆開個別包裝的小袋子，拿出保險套。

（哇，摸起來好怪！滑滑的！）

圓盤狀的保險套捲成了好幾圈。我把雙頭龍拿在手上，試著套套看。

（奇怪……？）

套不上去。保險套沒有延展開來。

（啊，是我弄錯套的方向了嗎……也太難分辨了吧。）

翻面重新套過，就成功套上去了。但是短的這一頭除了最前面的頭以外，都有點鬆鬆的。

我拿新的保險套出來，套到長的這一端。這次就很順利，尺寸也剛剛好。

（要用這個往音音的……）

心裡湧上一種奇妙的興奮。

（真的要這麼做嗎？做了就沒辦法回頭了耶。）

我詢問我自己。

（……上吧。）

我的決心沒有因此撼動。

要是我沒辦法順利搶走音音的心，讓她去跟別人在一起，那我不如直接把我們的關係破壞到無法恢復現在的樣子。到時候，我一定就能乖乖死心了。

我緊緊握住手上的雙頭龍。

保險套的表面滑溜溜的，還散發著微微的橡膠味。

17

「……今天要不要來我家？」

星期五午休，我看準吃完午餐的那一刻，開口問了音音。

下星期一就是這個學期的最後一天。音音會在那一天跟會長告白。我的計畫只剩下今天可以執行。而且明後天是週末，可以讓身體好好休息。

「放學就去嗎？」

「嗯。我想來執行約會演練計畫的最後一個階段。」

「咦～？最後一個階段要做什麼？」

「等妳來我家就會知道了。」

「是喔？」

感到疑惑的音音微微歪起頭，讓她輕柔的髮絲也隨之晃蕩。

明明在游泳池做了那麼刺激的事，她對我的態度還是沒有變。雖然感覺有刻意不提當時的事情，但我也一樣在避免提到這個話題。

那是跟「男朋友」做的事情，不是「朋友」——她或許藉著這樣告訴自己，當作跟我之間什麼都沒發生。

「要來嗎？」

「好啊。放學後對吧？我可以直接過去嗎？」

她是想問能不能穿著制服過去嗎？我在出家門之前就把所有事前準備處理好了，不會有什麼問題。而且最慢離開家的就是我，除非父母臨時有事先回來，不然不可能會被動到。

「可以。」

「那，今天就到妳家打擾一下了。」

「嗯。」

預備鈴一響，音音就走回自己的座位。我一邊目送她離開，一邊自問：「真的不後悔嗎？」

現在還有什麼好遲疑的？我鼓舞自己。事已至此，只能硬著頭皮完成我的計畫。

一切結束之後能不能成功搶走音音的心，都還是未知數。

我覺得要利用肉慾留住她很難。

而且——我其實也有點懷疑這個計畫是不是太蠢了。冷靜想想，就覺得這只是我在聽到音音有喜歡的人之後一時錯亂，才自以為想到了空前絕後的妙計吧？

可是，都已經快到最後一步了。而且也沒多少時間了，我還能做什麼？要我乖乖看著音音變成會長的女朋友嗎？開什麼玩笑。我才不要。

現在我唯一能做的，就是不把音音最後一種「第一次」交給別人。

我搶了她的初吻。

我也是第一個摸她胸部跟私處的人。

所以，我也要成為第一個跟她進展到全壘打的人。

就算這段戀情以失敗收場，我也可以藉著這段回憶度過下半輩子。一定可以。

（所以——對不起，音音。）

我也知道自己這樣很任性又自私，不過，今天我就要奪走妳的第一次。

☆

「妳隨便坐，我去拿飲料過來。」

我帶音音來我的房間這麼說完，就留她一個人在裡面，自己走出房間。

接著不是走去廚房，而是廁所。

我拿出櫃子裡面平常裝著生理期用品的束口袋，打開袋口。袋子裡除了平常用的衛生棉以外，還有保險套的盒子跟雙頭龍。

音音的生理期應該也還沒來。

雖然我不清楚她的週期落在什麼時候，也可能會因為身體狀況而有點誤差，但我們有時候會互借衛生棉，可以知道大概的時間。

我不想在正式來的時候搞得拖拖拉拉的，就先把保險套套上去。因為有練習過幾次，套上去的速度比一開始快很多。

我把套好保險套的雙頭龍放進塑膠袋，再裝回束口袋裡。

我拿著束口袋離開廁所，走到浴室脫下制服，換上T恤跟寬口褲。這是我所有褲子裡最好脫的一件。畢竟我名義上是扮演男方，打扮要有點男生的樣子。

之後，我才去廚房倒好檸檬汽水，回到房間。

我緊張到心臟快要爆開了。

「久等了。」

音音側坐在鋪在地上的小地墊上面。我把檸檬汽水放上矮桌，坐到床上。束口袋則是假裝不經意地放在可以直接從床上伸手去拿的地方。

房間的窗簾遮蔽掉外面的強烈陽光，只留下室內燈光，讓人無法清楚知道現在的時間。

我其實很想淋浴把身上的汗洗掉，可是我也不想引起音音的戒心，只能帶著滿身汗繼續我的計畫。

「大後天就是妳要告白的那一天了呢。」

閒聊了大約三十分鐘過後，我主動提起這個話題。

「是啊～」

音音回答道。

「妳暑假應該有要出去玩吧？」

她直截了當的話語，讓我內心的溫度瞬間降到冰點。音音暑假大概會陪著那個男的，我今年夏天一定只能孤伶伶的一個人。

就算我的計畫真的成功了，也要跟她約會好幾次，才會讓她覺得跟我在一起會比跟川久保在一起開心。

「……音音暑假應該要約會吧？」

「咦？」

「妳跟川久保告白的話，這整個夏天都會只顧著跟他約會了吧？」

我的語氣不小心變得有點帶刺。

「啊……」

音音的表情變得有點尷尬。

「可是，他又不一定會願意跟我交往。」

「他一定願意啦。」

我沒有說謊。絕對不可能有哪個男的被音音告白，還會拒絕她。

「不過——」

我喝光檸檬汽水，把空杯子放到地上。

「聽說男生不喜歡處女喔。」

直搗核心。

「咦？」

「說處女很麻煩。好像有很多男人覺得跟處女交往壓力很大？總之就是很像要被迫對女方負責，會覺得反感。尤其外向的人更容易這樣的樣子。」

內向的男人好像反而大多會注重對方是不是處女。這兩種知識都是我從網路上看來的，其實不知道是真是假。反正只要是能夠利用的東西，都要想辦法拿來利用。

川久保怎麼看都是個外向的傢伙。

「所以——妳要不要來破處？」

音音一臉驚訝的看著我。這也難怪。如果她馬上爽快回答「好啊，來吧」，就會換我被嚇到了。

當然，我也不打算硬逼她接受。要是她拒絕我，整個計畫就會直接畫下句點。真的變成那樣，我也是無計可施。

總之，她沒有立刻拒絕，算是還不錯的跡象。雖然也可能只是驚訝到　時說不出話。

「妳不想的話，我當然也不會逼妳。」

「……可是，我們都是女生耶。要怎麼破處？」

「這就包在我身上吧，相信我。」

我自嘲「是要相信什麼？」，但沒有顯露在臉上。

音音一臉正經地盯著我看。

她的表情當中沒有任何一絲懷疑跟輕蔑。看起來就只是很單純在認真思考要不要接受我的提議。

「好。」

音音說完，就站了起來。

「我相信妳。」

這讓我鬆了口氣，同時，音音的信賴也讓我很心痛。我扼殺內心的痛苦，拍了拍自己旁邊空著的床面。

「來吧。」

「…………」

音音默默走來，坐到我身旁。

我也一樣不發一語，牽起她的手。

音音主動回握我的手，直直看著我。她圓圓大眼的凝視，讓我們的視線纏綿不休。她頭髮散發出的清爽香氣傳進了我的鼻腔當中。

我緩緩把臉湊近她。

我們碰到彼此的鼻頭後，音音就閉上了雙眼。

我慢慢親上她的嘴唇。

一開始只是單方面親下去。我總覺得音音有點在顫抖，但說不定在顫抖的人其實是我自己。

光是這樣，就能讓我心跳加速。身體開始漸漸變熱。

好想再多親幾下。

我轉動身體，抱住她的肩膀，用力吻上她的嘴唇。接著伸出舌頭要音音張開嘴，進入她的口腔。可以感覺到她吐出的溫熱氣息含帶著水氣。

「嗯……」

一纏上音音的舌頭，就聽見她發出嬌媚的聲音。我把她小心翼翼伸過來的舌頭勾進自己的口中含住，來回吸吮。

唾液隨著動作迸發的猥褻聲響，不斷刺激著我的耳朵。

我一邊吻著音音，一邊用空著的手摸起她隔著一層制服襯衫的胸部。我是用掌心輕輕摩擦，而不是粗魯抓揉。每次滑過乳頭的位置，音音的身體就會小小抖一下。

持續用這種方式刺激一陣子過後，音音的呼吸開始急促起來，我也改成穩穩抓住她的胸部，力道忽強忽弱地順著她的乳房畫圓搓揉。

「嗯嗯……」

音音扭動身體，連帶移開了她的雙唇。我沒有再湊上去親她的嘴，而是輕吻幾次她的臉頰，舔了舔下巴的輪廓，最終在頸部落下無數的吻。

我解開她襯衫的鈕釦，把手伸進衣服內。音音的皮膚很燙，還摸得到不少汗珠。我的手指從胸罩上緣鑽進內部，直接碰觸她的乳頭。

「唔嗯！」

音音再次發出嬌媚的聲音。已經變得很硬了。我每次用食指彈她可愛的乳頭，就會聽到她忍不住發出「唔嗯！哼！」的嬌喘。

「……我要脫妳的衣服了喔。」

看到音音在聽到我這麼說之後點了點頭，我就把她襯衫的衣襬從裙子裡拉出來，讓她的肌膚攤在燈光之下。

一解開胸罩後面的釦環，不再受到束縛的雙峰也沉甸甸地晃了幾下。我拿下她的胸罩摺好，放在地板上。

被脫光上半身的音音用手臂遮住胸前，想至少遮住露出的乳頭，同時——

「……妳也要脫。」

對我這麼說。

「只有我脫衣服太不公平了。」

「嗯。」

只有音音得承受裸著身體的害臊，的確不太公平。

我也脫下T恤，自己拿掉胸罩。我放到音音的胸罩上面之後，就爬上床，按著音音的肩膀把她推倒在床上，面朝著天花板。

從小就認識的摯友半裸躺在自己床上，真的是一幅很奇妙的景象。明明不久之前甚至不會想像這種情景。

不過，世界總會出現變化。

我發現了一件事。不論這段戀情會成功還是失敗，我都得要正視現實。無法繼續藉著謊言活下去。

間。

我壓在音音的身上，吻住她的嘴唇。唾液帶有黏性的聲響，響徹了只有冷氣聲的整個房間。

我用膝蓋頂開她的雙腿，把腳鑽進縫隙之間，並用沒有在支撐身體的那一隻手去摸音音裸露的胸部。我輕輕揉著乳房，同時從脖子到鎖骨的途中留下數不盡的吻。

音音發出了「啊！啊！」的嬌喘。

我起身低頭看著音音，用兩隻手緩緩揉著她隆起的兩座山丘。

「這……這樣會很害羞耶……」

音音扭著身子說道。

「可以把燈……關掉嗎……？」

我不想關。

畢竟這是我們的第一次，也可能是最後一次，我想把整個過程深深烙印在腦海裡。

我徹底忽視音音的要求，緊緊握起她的胸部，代替回答。這樣一擠，就讓顏色很淡的乳頭突出了指縫。

稍微放鬆力道，又馬上用力。每次重複這兩種動作，音音就會發出「唔嗯」的聲音，探出頭來的乳頭也不斷顫抖，像是在誘惑我。

那我就讓妳如願以償——我捏起硬挺的乳頭，用力擠壓。

「嗯啊！」

音音的腰在她喊出聲音的時候抖了一下，讓裙子掀了起來。捏著捏著，音音雪白的胸部就開始微微泛紅，乳頭的顏色也變得更加鮮豔。

我也希望音音可以像這樣撫弄我。感覺乳頭在隱隱作痛。雖然很想動手摸個夠，可是我現在要扮演男方，做這種事情會顯得很突兀，所以還是選擇忍下衝動。

啊啊——音音吐出了一口氣。我也在這時候大大張開嘴巴含住音音的乳頭，像是要享用大餐。

我只憑吸力拉扯著她的乳頭。

然後用舌頭在嘴巴裡翻攪，盡情舔個過癮。先是用舌頭敲彈，再輕輕一咬。彷彿一個小嬰兒，全心全意地吸吮。

我很享受音音的每一個反應，也很高興她有這樣的反應。

我徹底把時間拋在腦後，不斷搓揉、吸吮，用舌頭舔。

音音壯觀的雙峰沾滿了我的口水，在燈光下閃閃發亮，還很急促地上下擺動。

「…………」

我用手背擦拭自己的嘴巴，往後退開。

接著解開音音制服裙子的釦子，抓住腰部的部分往下拉。她自己抬起腰，讓我比較好脫。身上只剩下一件內褲的音音身體癱軟，呼吸急促地直直看著我。

我擅自認為她是允許我繼續，就用很輕柔的動作，慢慢脫下她的內褲。她這次也有自己把腰抬高，方便脫掉內褲。

胯下跟內褲之間牽起一條黏液，不久就落到床上。

（是濕的……！）

我高興到腦袋出現一陣暈眩。我的愛撫有讓她得到快感的事實，讓我覺得就好像音音是真的允許「我」對她做這種事。

我抓住音音的腿，彎起她的膝蓋，大大往左右扳開。私處原本摺在一起，緊緊閉著的皺褶部分也跟著被拉出開口。

音音打算伸手遮住下體。

「不行。」

我用稍強的語氣制止她。

我趴下來，把臉湊近她的私處，就聞到一種很奇妙的味道。

是不至於很香。不過，這種味道很煽動情慾。

我手指抵著開口，再左右張開成V字形，就讓粉紅色的黏膜顯露在外，還流出黏稠的黏液。最敏感的地方已經脹大起來了。

（原來這裡長這個樣子……）

我第一次這麼仔細看人的私處。不說別人的，我連自己的私處都沒有在這麼近的距離下觀察過。

一粒小珠子有一半被濕潤的包皮遮蔽著。我小心翼翼地用拇指去碰，就彈出了包皮外面。

「嗯……」

不知道是不是這樣一碰就很舒服，可以看到音音的大腿內側在發抖。

那一粒小珠子脹得很大，似乎很渴望有人碰它。

我用拇指的指腹沾滿音音流出的黏液，再不斷輕柔撫摸最敏感的地帶。

「啊！啊！啊！啊！」

每摸一次，音音就會扭動身軀，發出嬌喘。胸部也會跟著搖擺。我抱著她的雙腿，手繞過她的腳去揉捏胸部，又或是扭她的乳頭。

我感覺頭暈目眩的。

（好想再給她更強的快感……）

我想做些不曾有人幫她做，也無法自己來的事情。

一冒出這個想法，身體就自己動了起來。

——啾。

我用嘴巴去吸音音私處那顆突出的重要部位。

「嗯啊！」

音音這次的叫聲比先前的任何一次都要大聲。我好高興。冷靜的理性在內心一角小聲說著「妳竟然用嘴巴碰這種地方」，但我絲毫不放在心上。

啾、啾、啾、啾。

我用嘴唇含著，用舌頭舔著那裡。每一次刺激都會讓音音叫出聲，而且會像是想要我繼續這麼做，主動把私處往我的方向湊過來。

鼻子呼出的氣吹動她稀疏又柔軟的毛，搔得我有點癢。

我除了舔突出的部位以外，也有舔旁邊軟嫩的皺褶跟皺褶底下的黏膜。舔著舔著，舌尖就順勢溜到快要張開的小洞。

「噫唔！啊啊！啊！啊！啊！啊！」

音音的嬌喘聲沒有停過。

無止盡從她體內流出的體液，灌滿了我整個口腔。

我忍不住吞進喉嚨。

很奇怪的味道。

雖然不會噁心，但味道也不算特別好。

不過，也的確是很讓人興奮的味道。我想讓她流更多體液出來，就瘋狂地繼續舔下去。

「啊——！」

不知道就這樣持續了多久，音音喊出比以往音量更大的一聲，把腰抬得比剛才每一次都還要高。

她的大腿內側開始抽搐。

等不再抽搐之後，音音就全身無力地癱軟在床上。

（高潮了嗎……？）

從音音張開的雙腳之間看著她癱軟的模樣，就感覺全身都浸泡在一股喜悅當中。心跳一直無法鎮定下來。從剛才開始，我的心臟就跳到快要炸開了。

「………」

我站起身，拿起假裝不經意放在床邊的束口袋，再從裡面拿出雙頭龍。

雙頭龍的頭部稍微卡到袋子的開口，很有彈性地抖動了幾次。

音音茫然的眼神聚焦在我的手上，顯露出動搖。大概是心裡很不安吧。畢竟她大概也不知道世上有這種東西存在。

就在我準備對她說明的時候——

「……來吧。」

音音彷彿已經了解了眼前發生的一切，開口這麼說。

「來吧……鹿乃。」

——鹿乃。

她呼喚的是這個名字。

是我的名字。

我發現此時此刻，她的聲音所呼喚的，還有眼神所注視的，都不是朝著代替男朋友的替身——而是「我」。

（啊啊……不行……）

我感覺到自己的決心正逐漸瓦解。

明明音音是這麼真誠地對待我，我卻一直在說謊騙她。我想起自己——是利用謊言在跟她做這種事情。

我果然還是——不想利用謊言奪走音音的第一次。

「……鹿乃？」

我忍著湧上的眼淚，把雙頭龍丟到一邊。

「算了。別做這種事情了。妳的第一次還是要給自己真正喜歡的人才行。什麼戀愛指南，都是在胡說八道。」

音音是我最要好的朋友。

不只是摯友，還是我的初戀——我不祝福她的戀情，怎麼敢說喜歡她？

我總算能夠打心底這麼想了。

「……音音，祝妳告白成功！」

18

（明明都覺得自己已經放下她了，怎麼還在做這種事情啊……）

我背靠著牆，吐出嘆息。

今天是第一學期結業典禮當天。

我偷偷跑進學生會室旁邊的社團教室，把竊聽器裝在牆上，再戴上藍芽耳機，等川久保他們過來。

音音預計會在今天跟川久保告白。

記得地點是選在這裡。

畢竟有可能被粉絲俱樂部的人撞見，音音大概不會——也不可能在大庭廣眾之下跟會長告白。

音音曾跟我提到這件事，她一定會來這裡。

我打算見證她這段戀情結果的瞬間，讓自己能夠徹底死心——才會來到這裡。

（我也真自虐……）

我忍不住自嘲。

這同時也是給我自己的懲罰。我利用謊言搶走音音的好幾種第一次。不把自己逼進痛苦深淵，我就沒辦法原諒我自己。

不久，我在聽見走廊傳來好幾個人的腳步聲之後站起身。

一群在聊天的男生拉開拉門，走進學生會室。

『啊～累死我了！』

是川久保的聲音。

『辛苦了。』

『辛苦了！』

『了～』

還有副會長、書記跟會計。接著就聽見他們拉開椅子的聲音。

『暑假要去哪裡玩？』

他們之中的某一個人問道。他們的聲音除了川久保以外都太過平凡，我分不太出來。

『海邊，我們去海邊玩吧。』

『不錯耶！』

『你這個傻子，我還要去上暑期補習班耶。畢竟靠這種學校的推甄也去不了什麼厲害的大學。』

雖然我本來就多少有料到，但川久保待在只有男生的地方，態度就會跟平常大家眼中的學生會長有一百八十度的大轉變。

不只口氣很差，聲音聽起來也沒什麼氣質。

還是說，這其實只是我的嫉妒心造成的偏見？

『所以會長整個暑假都要念書嗎？』

『基本上是。但是都高中最後一次的夏天了，就找幾個人來打炮吧～』

打炮？

他這個說法讓我覺得不太對勁。

因為當男人講到這個詞，大多是指做愛。道場那些男人沒有發現我在場的時候，就常常會提到。

（怎麼回事？）

我專心聽他們的對話。

『又有人跟會長告白了嗎？』

『是啊。』

是說音音嗎？也不是不可能。畢竟覺得她一定會在學生會室告白，也只不過是我的推測而已。

『是哪個高中的？』

『××女高。』

室內傳出一陣騷動。我也聽過那間學校，是超有錢的人會讀的貴族學校。不過，讀那裡的人也一樣是高中生，本來就有可能談戀愛。

『太猛了。』

『會長太厲害了吧！』

『雖然我還是甩掉她了啦。』

『咦咦？為什麼！太可惜了！』

『你這個傻子，要是跟平常一樣玩玩就丟，弄得她跑去跟父母告狀，我這輩子就沒戲唱了啦。會讀那間學校的話，基本上父母的社會地位也不是一般高好不好。』

『會長家不是也很有權勢嗎？』

『要比也比不上那些人啦。這社會本來就是人上有人，天外有天。』

他的語氣聽起來很不爽。

聽得出他話中帶有些微的怒氣、嫉妒之類的情感。

我開始冒出冷汗。

這傢伙是不是比我想像的還要更渣男啊？我知道男生跟同性聚在一起就會幹蠢事，也會說蠢話，但這傢伙的性質好像又不太一樣。

『反正還有好幾個人跟我告白，等真的上床了再把影片給你們看。』

『好耶～！』

『太好了！網路上隨便找都有老太婆的無碼片，但真的女高中生的片子都找不到呢。』

『因為真的有就是犯罪了。你們也記得絕對不要把影片傳到網路上喔。』

『那當然！』

眾人各自發出下流的笑聲。

（等一下。給我等一下。）

我拚死命想讓快要陷入一片混亂的腦袋冷靜下來。我聽不懂他們的意思。這些傢伙到底在說什麼？打炮？影片？網路？

『對了，會長，我們學校好像也有真的喜歡會長的女生吧？』

心臟猛力一跳。

是說音音嗎？

川久保「哼哼」地笑了出來。

『好像是。』

『那會長要怎麼辦？要跟之前一樣玩個夠嗎？』

『記得之前那女的叫她做什麼，都會乖乖照做呢。』

『對啊。只要會長開口，想怎麼玩就可以怎麼玩，真的是大開眼界耶。』

『雖然一下子就玩膩了。總之，就叫現在喜歡我的這個陪我玩到這個夏天結束吧。讀書讀累了找她出來打個炮紓壓，應該剛剛好吧。』

其他男生也起鬨說「好好喔」、「好羨慕」。

感覺腦袋裡有某種東西斷裂了。

（——你們說的是音音嗎！）

我只猜得到這個可能性。

眼前變得一片鮮紅，身體自己動了起來。一回過神，就發現我已經衝出教室，跑去踹開了學生會室的拉門。

學生會室裡的男生們發出驚呼。

「妳……妳幹麼啊！」

我沒有回答。

我往眼前準備從椅子上站起來的微胖眼鏡男臉上揮出一記正拳。

他的眼鏡被我打碎，鼻子也被打歪。

微胖的男生流出一絲鼻血，還發出刺耳的哀號，往後摔倒，把整個桌子撞翻了。桌上的寶特瓶也跟著倒下，灑得滿地都是。

「妳搞什麼東西啊！」

身材高瘦的男生大概是知道動手的是女生，就口氣凶狠地對我嗆聲，張開雙臂衝過來。

——呼！

我集中精神，從齒縫呼出一口氣，抬起自己的腳。

沒有被任何衣物包覆住的小腿，狠狠踢中了他的胯下。

「唔喔——」

他發出不成言語的哀號，彎起身軀。

我再接著往他背後肘擊，身材高瘦的男生就直接撞上了地面。

剩下的兩個人可能是知道自己敵不過我，就開始醜陋地互踢皮球，想叫對方先上，自己則是退到房間的角落。

我順著自己的怒火，繼續往前走。

川久保推開標準體型的男生。那個男生腳步踉蹌地靠過來，被我用手背往臉頰敲下去。

他猛力撞上牆壁，渾身無力地躺倒在地。

「妳是怎樣！妳到底想幹什麼！」

川久保不斷拿起他附近的東西，朝我丟過來。

我把他丟來的東西拍開，或是敲落地面。

「妳知道我是誰嗎！我可是學生會——」

「……那又怎樣！」

我用幾乎能撼動窗戶玻璃的聲量怒吼，對他揮下拳頭。

他的鼻子被這一拳揍歪，噴出的牙齒掛著一條血絲。我接著往他的下巴使出掌擊，讓他整個人往後仰，再一拳打在因此破綻百出的腹部上。

川久保一邊嘔吐，一邊到處逃竄。他滿臉都是眼淚、鼻水、嘔吐物跟血液——

「快……快住手——饒了我——」

開始求我放過他。

我聽不見，也不想聽。

我用腳跟踢向打算對川久保見死不救，只顧自己逃跑的人的背部。

這一記迴旋踢把他踢到了牆上。

在這裡的所有人都是同罪。我饒不了踐踏音音好感的人——包括我自己。

「喂，快住手！」

突然有一大群人闖進學生會室，還抓住我的手臂，扣住我的身體，讓我就這樣被壓制在地上。

「放開我————！」

「可惡！力氣怎麼這麼大！」

「冷靜點，水澤！到底是發生什麼事了！」

「老師，你那邊怎麼樣！」

「啊……牙齒被打斷，鼻子也歪了，不過——還是別叫救護車比較好吧。畢竟還要顧面子。」

「好——妳先冷靜下來，水澤！」

我的力氣敵不過大人，更何況是男體育老師。這也讓我不甘心得拚命叫喊，就算叫到喉嚨內側的黏膜破裂出血，也依然繼續嘶吼。

19

我被學校停學了。

而且因為我完全沒有講明當時大鬧學生會室的理由，聽說本來還有考慮把我退學。

做那種事情被退學也沒什麼好奇怪的。不過，也多虧學生會室裡那段對話的錄音被上傳到校網，才會只有停學處分。

上傳的人是伊田碧。

我用的軟體只要有開分享，就能讓其他支手機也能一起竊聽。碧似乎有聽完整段對話，也有錄音。

她笑說「這是新聞社員的天性」。

老師們會那麼快趕到學生會室，也是碧通知他們的。也因為這樣，才沒有鬧出人命。只是我其實還想再多打斷他們兩三根骨頭。

而且，好像還有幾個被學生會長伸過魔爪的學生出面指控他的所作所為。

聽說粉絲俱樂部也因此停止活動，不久後就會解散。

學生會的四個人受了很重的傷，他們本來還惡狠狠地說要告我，但一知道過去的惡行遭到揭發，就決定改用調解途徑處理這整件事。

這樣下來應該要賠不少醫藥費之類的費用，只是爸媽沒有告訴我到底賠了多少。反正只要查一下就知道了，就算要花我一輩子的時間，我也一定會全部還給他們。

老實說，我認為那些人是活該。只是現在的社會不允許動用私刑。從我動用暴力的那一刻起，我就得背負罪責。

就我以前學過空手道這一點來說，也是非常不應該。雖然我早就不學空手道了，但這樣應該會被逐出師門。我自己是無所謂，可是我的行為讓師父蒙羞了。要找個適當的時機跟師父談談才行。

不過，我不打算講明自己動粗的理由。畢竟大家只注重結果，我說什麼都會變成藉口。

而且——我好像有點誤會了。

川久保他們講的那個女生，似乎不是音音。粉絲俱樂部的專用社群平台（會長好像也看得到）上討論的那個女生，其實是我。也就是說，我就是會長他們說的那個女生。

幸好被討論的對象是我。就算被大家指指點點說我是被會長甩了才動粗洩憤，或是單純看不慣會長這樣的渣男，都無妨。只要音音不會成為大家討論的焦點就好。

自從會長的事情傳到爸媽耳裡，他們也不再質問我為什麼要打人。

或許是知道自己的女兒不是會無故動用暴力的人，就放心了。雖然也不是有正當理由，就能正當化打人的行為。

話說回來——雙手都不能用的狀態，比我想像中的還要不方便。我兩隻手都骨折了，得要過上一陣子打石膏的生活。做任何事情都需要我媽媽幫忙。

不只吃飯跟洗澡有困難，連上廁所也不例外。

現在只有拇指勉強能動，是還可以脫跟穿褲子，但沒辦法擦屁股。家裡的廁所是有乾燥功能，只是不太實用。

結果害得媽媽必須向公司請假照顧我，讓我覺得很過意不去。

我聽見門鈴聲，不久，就換響起敲門的聲音。

「鹿乃，音音來找妳了，妳要見她嗎？」

音音在我大鬧學生會室的那一天有來探望我，但我沒有跟她見面。

因為我不覺得自己有辦法解釋清楚，也不認為她會相信我。

從小就認識的朋友把她喜歡的人打到半死不活，她搞不好是來吐怨言的——一想到這裡，我就沒有勇氣見她。

不過，現在川久保的本性已經攤在陽光下，她說不定沒在生氣了。

「……好，我要見她。」

我對著門後的媽媽這麼說。
沒過多久，音音就走進我的房間。
她穿著苔綠色的無袖襯衫跟白色的細褶裙，這才讓我想起現在已經是暑假了。
音音高吊著眉梢。她好像還在生氣，看來現在見她還太早了。只是，也已經來不及了。
「……真搞不懂妳到底在幹什麼。」
她果然在生氣。
「對不起。」
我像是被訓斥的小孩子，乖乖道歉。
音音聽到我道歉，就怒氣全失，大大嘆了口氣。
「……是我害的吧。」
「咦？」
「妳是因為我說我喜歡會長，才會做那種傻事吧？」
「才——」
我想說「才不是」，卻說不出口。音音的眼神不允許我否定。
實際上，音音坦白自己喜歡會長的那一刻，也的確是這整件事的起點。
我本來打算親眼見證音音得到幸福，而當時用的竊聽器，也是因為我想看清楚川久保這個男人的本性，才麻煩碧幫我弄來的。

「是……沒錯……可是也不只是因為妳。」

她皺起可愛臉龐上的眉間。

「所以是為什麼？」

「呃……我可能是早就想痛打他一頓了。就算他不是爛到骨子裡的渣男——啊，抱歉。」

要是音音現在還喜歡川久保，很可能會讓她不高興。於是我馬上跟她道歉。

「沒關係。我已經對他心灰意冷了。」

這讓我鬆了口氣。真的是打心底鬆了口氣。

我一直想聽她說出這句話。

這下就可以重新來過了。現在音音的心不屬於任何人。也就是說——我也一樣有機會！……可能啦……說不定沒有。

「可是，那又是為什麼？」

音音繼續詢問。

「妳為什麼會早就想痛打他一頓？妳不是也希望我可以跟他在一起嗎？」

「這……」

我緊張得吞下一口口水。

我該怎麼回答才好？說穿了，我就是發現自己喜歡音音才會有這種想法，但要是把這段話說出口，其實就跟告白沒有兩樣。

我還沒有足夠的勇氣跟她告白。我完全無法想像剛喜歡上一個男生的音音，會接受我這個女生的告白。

我們有接吻，還有做其他很多事情，可是那都只是「約會演練」。她不會當成是跟我約會，而是跟川久保，所以不等於她能夠接受跟女生談戀愛。

差點要全壘打的那時候，我也有懷疑她是不是其實喜歡我，但是那也搞不好只是我一時鬼迷心竅，才擅自會錯意。

因為音音那時候喜歡的還是川久保。

「算了。」

音音嘆了口氣。

「反正都過去了。」

「呃，嗯……」

太好了。我不想要才剛重新來過而已，就直接強制結束。我想要再多花點心力摸索我們兩個之間的關係。

「那，我今天就先回去了。我只是想來看看妳而已。」
「嗯，謝謝妳。」
「真的還好沒有傷到妳的臉。」
說完，音音就默默靠近我。
——親了我的嘴唇。
我還來不及驚訝就看到她已經退開，還若無其事地露出微笑。
「……再見。」
音音轉身讓裙子隨之飄逸，就這麼走出房間。
（咦咦咦咦咦咦！）
我聽到門外的媽媽跟音音在說「妳要走了嗎？」跟「我還會再來看她」。我聽著自己的心跳聲，拚死命思考這到底是什麼情形。
如果是親臉頰或額頭，倒不算太奇怪。
可是，她親的是嘴唇。
代表的意義完全不同。
還是說，經過這麼多次約會演練，讓音音覺得親嘴唇其實不算什麼了？
（到底是怎麼回事～！）

我好想知道音音在想什麼，也好高興她突然親我。我忍不住把臉埋在枕頭上面，發出「唔喔——」的吶喊。

尾聲

我抬頭仰望公寓，心想鹿乃現在一定被我突然的一吻弄得心慌意亂。

不過，她真的讓我很意外。

我完全誤判了水澤鹿乃這個人的行動力。

是因為她打骨子裡就是個熱血性格的人嗎？她應該也是有在動腦思考，但身體還是會搶先腦袋展開行動。我明知道她就是這種個性，她卻還是能讓我感到意外。

我沒料到她會去把學生會長那群人打得滿地找牙，聽到她說不定會被退學的時候，我真的很慌。

我當時很著急，心想為什麼會出這種事。

而也是在那之後，我才真的仔細去調查學生會長的為人。因為鹿乃絕對是基於正當的理由，才會下那樣的重手。

沒想到學生會長是那麼無可救藥的渣男。

深受其害的女學生多不勝數。

我知道鹿乃有暗中跟伊田碧見面，所以就去問她有沒有掌握到什麼消息，才終於聽到那段錄音，也才終於知道鹿乃為什麼會打人。

她是為了我，才會那麼做。

這讓我的內心差點被喜悅跟內疚給壓垮。

（——我絕對不會讓妳被退學！）

下定決心以後，我就請碧馬上把錄音檔上傳到校網，也自己四處奔走，努力說服那些受害的女學生出面。

甚至對校方施壓。

默許學生會胡作非為的校方也應該對這件事負起部分責任。我跟校方說，要是鹿乃遭到退學，我就會對校外公開他們的惡行惡狀。

講明白一點的話，就是把這件事當成醜聞，賣給週刊。

要幫學生會，還是維護學校的形象——最後校方選擇了學校的形象。

學生會長的父母聽完錄音檔以後，也不再多說什麼。身體的傷總有一天會好，傳上網路的資訊可是會留一輩子。所以，他們決定避免事情被公開給社會大眾知道。

而鹿乃也因此得以避免退學的命運。

相對的，傳上校網的錄音檔現在已經被校方刪除，學生會長那群人也沒有被公開嚴懲。

但他們所有人都被解職，強制轉學到其他學校。

真的幸好沒有鬧到需要警方來處理。我實在沒有那個能耐對警察施壓。

不過，鹿乃也不是完全不用受罰。

畢竟原本是構成傷害的案件，她可能因而被送去輔導。

這件事最後是校方判她半個月的停學處分收場。我有找大家連署抗議校方的處分過重，

卻沒有成功推翻停學的結果。

我真的對害鹿乃被停學很過意不去。

（因為……這都是我害的。）

整件事都是起因於我對鹿乃撒的一個謊。

我騙她我喜歡學生會長——喜歡川久保劍。

這完全跟事實沾不上邊。

我從以前就一直是深深愛著鹿乃。

這才是事實。

鹿乃也一樣。

她也一樣從以前就一直深深愛著我。

光用看的，就看得出來了。

可是她卻一直沒有察覺自己對我的愛，著急之下，我就說謊假裝喜歡學生會長，希望她會因為這樣大受打擊，進而察覺到自己對我的感情。我的動機就是這麼微不足道。

不過，鹿乃在那之後的一舉一動完全出乎我的預料。

我聽鹿乃說會幫助我跟學生會長在一起的時候還很生氣，但一知道她幫助我的方法是事先模擬約會的情境，我就瞬間搞懂她在想什麼了。

得出這種結論的她真的太可愛、太惹人憐，於是我決定配合她演這齣戲。

而且我也很好奇她會想出什麼樣的花招。

我沒料到她竟然會想先確立肉體上的關係，只是我也本來就想跟鹿乃做那種事情，所以她想做什麼，我全都答應了。

我也真的很高興她願意親我，甚至做更深入的事情。

真的很舒服。

她拿雙頭龍出來的時候是難免有被嚇到，但她打算豁出去的決心深深打動了我。所以我那時候才會把「約會演練」拋在腦後，直視鹿乃本人的存在。雖然這麼做反而害她退縮了。

唯一覺得可惜的，是我幾乎都處在被動立場，沒什麼機會主動。

畢竟鹿乃在約會演練的設定上是「男方」，而我是「一無所知的女方」，我才會忍著不主動出手。其實我也很想順著自己的衝動，多讓鹿乃高潮幾次。

而且我在這方面上很有自信。

因為我不是第一次跟人做這種事情。我國中的時候曾跟擔任家教的女大學生有過肉體關係，不只是對女生的戀愛情感，還有一些會刺激人體快感的行為，都是從她那裡學來的。

我的第一次給了她。

不過，鹿乃才是我真正深愛許久的對象。

也是因為跟老師發生過關係，我才會發現自己對鹿乃的感情。老師或許只是一時玩玩而已，但我真的非常感謝她讓我領悟到這麼重要的事實。

鹿乃身手很好，不會露出破綻，再加上她又是那種個性，讓她從來沒有在路上遇過色狼。很少有女生會像她這樣。

所以她大概不知道被自己沒有抱持好感的對象摸到身體，也只會覺得噁心而已。除非有下藥，不然實際上根本不可能利用肉慾奪走一個人的心。

女生被一個人摸的時候沒有覺得舒服，就不會想跟那個人有性行為，也不會高潮。

鹿乃應該也會是這樣。

想必她還需要再過一段時間，才會發現到這一點。在鹿乃發現之前，我就先好好欣賞她不知所措的樣子吧。

她都讓我等這麼久了，稍微捉弄她一下也沒關係吧？

總之，我打算先在她停學的這段期間，幫她打理好生活起居。

而且我今天也得到伯母的同意了。畢竟她兩隻手都不方便，不論是要吃飯、洗澡，還是上廁所，我全都可以幫她。

（她真的太可愛了。）

我把食指抵在嘴唇上，回想起自己兒時玩伴當時有些濕潤的觸感。

（到底誰才是真正被引誘的人呢……鹿乃。）

我忍不住輕聲笑了出來。

《完》

後記

各位好久不見！我是アサクラ ネル！

雖然中間隔了一年，但總算讓第二本著作問世了！

好耶～！

然後——再見！

這年頭要在電擊文庫出色色的小A書，好像變得比以往困難很多……

寫普通一點的內容說不定有點機會，所以我打算換著重在這個方向上。

啊。

如果有哪位編輯先生小姐希望我寫色色的小說，請跟我聯絡。

所以，這本寫的是百合！
我這次也在文中塞滿了自己的興趣跟性趣。還請各位好好欣賞一番。
勸大家最好不要在出門的時候看喔！
不然會出大事喔！

那麼，各位讀者再見了！

希望我們還能再下一個作品見面！

二〇二一年　九月

アサクラ ネル

※本著作連後記也是純屬虛構，與實際存在的地區、個人、法人、公司、團體無關。

國家圖書館出版品預行編目資料

與其喜歡他,不如選我吧?/アサクラ ネル作 ; 蒼貓譯. -- 初版. -- 臺北市 : 臺灣角川股份有限公司, 2022.08-

冊 ; 公分. -- (Kadokawa fantastic novels)

譯自 : 彼なんかより、私のほうがいいでしょ?

ISBN 978-626-321-682-2(平裝)

861.57　　111008904

Kadokawa
Fantastic
Novels

與其喜歡他，不如選我吧？

（原著名：彼なんかより、私のほうがいいでしょ？）

2022年8月10日　初版第1刷發行
2023年1月3日　初版第2刷發行

作　者：アサクラ ネル
插　畫：さわやか鮫肌
譯　者：蒼貓

發行人：岩崎剛人
總編輯：蔡佩芬
編　輯：黎夢萍
美術設計：莊捷寧
印　務：李明修（主任）、張加恩（主任）、張凱棋

發行所：台灣角川股份有限公司
地　址：104台北市中山區松江路223號3樓
電　話：（02）2515-3000
傳　真：（02）2515-0033
網　址：www.kadokawa.com.tw
劃撥帳戶：台灣角川股份有限公司
劃撥帳號：19487412
法律顧問：有澤法律事務所
製　版：巨茂科技印刷有限公司
ＩＳＢＮ：978-626-321-682-2